Calimero isst unterwegs!

Nicole Diercks

Calimero isst unterwegs!

Der dritte Teil

Bibliografische Information der Deutschen Nationalbibliothek:
Die Deutsche Nationalbibliothek verzeichnet diese Publikation in der
Deutschen Nationalbibliografie;
detaillierte bibliografische Daten sind im Internet über
http://dnb.d-nb.de abrufbar.

© 2015 Nicole Diercks
Satz, Umschlaggestaltung, Herstellung und Verlag: BoD- Books on
Demand, Norderstedt
ISBN: 978-3-8391-4498-5

Inhalt

Sherlock Humbug

Mama war schon wieder genervt von meinem Metabolismus … Sie lamentierte jeden Morgen, wenn sie meinen qualmenden Dünnpfiff aus der Wiese zu spachteln versuchte: »Ein neuer Fall von Sonne, Samba und Saftscheiße!« Ich wurde mal wieder auf Trockenfutter gesetzt: kein besonderer Effekt! Ich wurde mal wieder von allen gustatorischen Ausnahmen abgeschnitten: überhaupt kein Effekt! Mein Fall wurde, mal wieder, in allen Schattierungen, der Züchterin vorgetragen: keine Ahnung! Alles, was blieb, war somit tatsächlich ein Bluttest, um mal zu schauen, ob organisch bei mir vielleicht unerkannt etwas schieflief. Und wenn nicht, was Gott sei Dank dann auch der Fall war, ein Nahrungsmittel-Allergietest. Der habe schon Erstaunliches zutage gefördert, soweit die glücklichen Stimmen derer, die jetzt wussten, dass Tuppi allergisch auf mehrfach aufgewärmtes Kaktus-Chutney war … Mami war zu allem bereit, Hauptsache, die schreckliche Saftscheißerei hörte endlich wieder auf! Kam dann ja eben auch schon mal verschiedentlich zu metabolischen Unfällen in der Wohnung. Ich meine: Was rausmuss, will dann schließlich ja auch raus! Zu meinem Schutz musste man jedoch sagen, dass ich mir, wenn es wirklich nicht mehr anders ging, immer einen Baum gesucht hatte! Da waren zum Beispiel die weiße, mit dünnem Filz bezogene Bodenlampe und auch der Schirmständer mit den zarten Intarsien gewesen … »Volltreffer!«, sagte Mami röchelnd und besah sich die von oben bis unten vollgesprühte Lampe, die Hand fassungslos vor die Stirn geklatscht. Es musste dringend was passieren, soweit mal das Drehbuch.

Dem Arzt fiel nichts weiter ein, auch deshalb nicht, weil nichts in meinem Leben verändert worden war. Somit blieb nur die Lieferung von ein paar Tropfen meines kostbaren Blutes. Der Allergietest war dann sehr vielsagend, denn er sagte vieles *nicht*. Eigentlich sagte er *gar* nichts. Das wiederum konnte dann aber *alles* bedeuten: entweder dass ich auf *nichts* davon allergisch war oder möglicherweise auf *alles*. Vielleicht habe aber auch der Test bei mir gar nicht funktioniert, so was gäbe es leider auch. »Volltreffer!«, sagte Mami schon wieder und blätterte ein paar dicke Scheinchen auf den Tresen des Hauses.

Dann wurde die Saftscheiße plötzlich wieder etwas rückläufig nach sechs Wochen voller Aufregungen. Aus genauso ungeklärten Gründen, wie es angefangen hatte, behielten meine jüngsten Produkte dann wieder eine sichtbare Form und führten auch nicht mehr zu olfaktorischen Ausfällen mit drohender Ohnmacht. Und als Mami, nach gewissen Funden auf mir, mein Zeckenmittel erneuerte, begannen sofort die Durchfälle wieder mit Wucht einzusetzen! »Sherlock Humbug hatte wieder einen grandiosen Triumph!«, jubelte Mami. »Der Täter ist endlich gefasst!« Doch dann wurde sie auch schnell wieder sehr viel leiser, weil das nun ja auch leider bedeutete: weitere sechs Wochen lang angesprühte Bodenlampen und drohende Ohnmachten schon frühmorgens! Die Züchterin wunderte sich dann gar nicht so besonders über diese Entdeckung, denn das seien schon auch echte Granaten diese Zecken-und-Floh-Ampullen! »So super überzeugend sind die in der Wirkung weiß Gott nun dafür aber auch nicht!«, sagte Mami.

Aber was nun? Die Züchterin riet zu einem Spray mit ätherischen Ölen wie Citronella und Geraniol, das müsse aber vor jedem Gang neu aufgetragen werden – und Vorsicht mit den Augen! Man sprühe es aber bitte nie auf den Hund, sondern nur auf die Hände und wische diese dann an seinem Zeckensuchgerät ab … Das alleine schon würde nie im Leben klappen, sagte sich Mami, die schon beim Zuhören gestresst war. Zuerst jedes Mal der Sprayflip, dann das Zeug wieder aus den Augen und von den Händen waschen! *Falls* man überhaupt daran gedacht hatte, immer vorher erst mal die Pulle zu zücken! Und außerdem fand Mami es nicht gut, meine Nase zu vernebeln und alle anderen Hunde olfaktorisch komplett zu irritieren. So von wegen: »Riech mal: Da kommt eine Geranie mit Citrus im Abgang! Hinten allerdings Thunfisch mit Dünnschiss! Der hat doch bestimmt was zu verbergen, wenn er so stinkt!« Da fiel der Züchterin nach dem üblichen Lachanfall auch nichts mehr zu ein. Einen Vorschlag hatte sie aber doch noch: Nach dem Gassi *sofort* in die Badewanne setzen und mit einem Luffahandschuh kräftig gegen die Fellrichtung rubbeln! Zecken benötigten nämlich immer eine ganze Weile, bis sie einen Platz gefunden hatten, um sich ungestört dort einzurichten. Bis es so weit war, konnte man sie so noch ganz gut erwischen. Kostenlose Unterfellentfernung, Massage und Entstaubung gleich inklusive! Guter Plan, fand Mami. Wobei ihr auch schon aufgefallen war, dass wohl mein ständiges nasses Fellchen auch ein ziemlich guter Schutz gegen Zecken zu sein schien. Die konnten da möglicherweise nicht so richtig aufsatteln, weil alles zusammenklebte und möglicherweise roch ich nass auch nicht wie eine Gehwegpraline …

Hundepo

Neulich trafen wir mal wieder Bonnie und Anhang. Stellt euch vor, was der Anhang da spontan über mich sagte: »Er ist ein kleiner Scheich, sein Name ist Calim Ero!« »Calim«, das fand Mami klasse, war ja mal wieder klar. Sie war schon jüngst dazu übergegangen, mich zu amerikanisieren, und rief jetzt gerne mal: »Cal!«, oder, wenn ich wieder Wasser oder sonst was in den Ohren hatte: »Ca-hal …!« Ging ja wohl gar nicht! Sie erzählte heute von unserem morgendlichen Ritual und Bonnie-Mama war entzückt und hatte feuchte Augen. Oft lag ich morgens noch tief schlafend im Nest unter dem Tresen, wenn Mami aufstand. Ich blieb immer einfach (heimlich mit einem Auge blinzelnd) wie ohnmächtig liegen. Da musste Mami sich zu mir runterknien, unter den Tresen krabbeln und mich wach pieken und kitzeln. Ich tat immer ganz überrascht, reckte die Ärmchen paddelnd und gähnte dabei herzhaft schmatzend. Aber aufstehen tat ich trotzdem nicht freiwillig! Mami musste mich erst an den Ärmchen vorsichtig etwas über den Rand hinausziehen und Sachen sagen wie: »Ach, verstehe. Einer *dieser* Tage …!« Da hing ich dann, schmatzte, paddelte und war ansonsten komplett gelähmt. Ich bekam zuerst ein Stretching an den Ärmchen und hängte mich da auch voll mit rein … Aaaahhh! Dann hing ich lang wie ein verunglückter Spaghetto vorne aus dem Nest und bekam noch eine Energiemassage neben der Wirbelsäule. Noch ein gründliches und kräftiges Ausstreichen mit Wirbelsäulenstretching und ich wurde immer länger und flacher … Aaahhh! Dann stretchte Mami mir noch die Hinterbeinchen, ich drückte mich dabei ganz geschmeidig bis ins Hohlkreuz durch, zitter. »Ja, schön stretchen, Herr Diercks, das machen Sie ganz wunderbar so! Der Hund arbeitet wieder ganz hervorragend mit heute Morgen!«, lachte sie. Ich stretchte immer noch ein paar Mal zitternd bis zum Anschlag nach und sie massierte mir noch den Hundepo … Aaahhh! »Sehr schön definierte Musculi Glutei!«, sagte sie fachmännisch meinen kleinen Knackpo knetend, »Sie machen viel Sport, nicht wahr?« Ich musste jetzt grinsen und stand auf, um mich mal gründlich durchzuschütteln. »Warten Sie!«, sagte meine Masseurin. »Sie bekommen ja noch etwas heraus!«, und dann gab es auch noch ein Leckerli! Mein Katzenbruder Merlin stand immer gleich daneben, weil er ganz genau wusste, dass auch was für ihn abfiel, wenn er sichtbar war. Sein Lebensstandard hatte sich echt gehoben, seitdem ich hier war!

Aber es gab auch so Tage, da stand ich selbst nach dem Anziehen nicht freiwillig auf! So musste Mami mich an der Leine versuchen aus dem Nest zu ziehen, aber ich keilte leider mal wieder quer drin … Sie zog trotzdem weiter und das führte dazu, dass meine schon ziemlich verlebte Furzmulde von einem Hundenest auch mit raus zum Gassi ging. Mami schleifte also leicht genervt einen Hund in einem Nest bis ins Treppenhaus hinter sich her, bis an der Fußmatte diese bizarre Reisegelegenheit schließlich mit der Physik ins Gehege kam. Und an der Fußmatte umkippte. Tja, wenn es schon mal *so* weit war, ging ich eben mit … Überhaupt: Wenn ich da schon im

Treppenhaus rumlag, konnte ich ja auch in den Fahrstuhl mitgehen …

Der andere Waschgang ging so: Ich hatte, zusammenge-
rollt wie ein Engerling, auf dem Badezimmerhocker auf
Mamis Klamotten geschlafen. Sie hockte sich vor mich
hin und rief: »Umärmelung!«, und ich stürzte mich auf
ihre linke Schulter und hängte mich voll drüber. Der
Rest von mir machte wild wedelnde Gesichtspflege:
Ohr, Stirn, Hals, Wangen und Haare ablecken, viel
tänzeln dabei. Mittlerweile war auch der Dicke aufgetaucht und hatte sich quer mit auf den Hocker gelegt.
Das passte ja super, Möpse sitzen doch einfach immer
wieder mal gerne! Und so setzte ich mich zuerst mal
voll in die Katze rein: Milz, Dickdarm, Pankreas. Es
störte sie nicht, sie schnurrte und grinste zu uns hoch.
Mami sagte dann, mich im linken und die Miezekatze
im rechten Arm: »Duu-huuu … Merlin? Du riechst da
voll nach Hundepo, genau da! Die Stelle musst du dir
aber mal dringend merken und dann gründlich waschen, ja …?« Merlin grinste. Er schien den Geruch von
Hundepo nicht allzu übel zu finden, denn er war jetzt
auch schon verschiedentlich in *meine* Nester eingebrochen. Mami sang zu Helge Schneiders Melodie vom
Katzeklo: »Hundepo, Hundepo, macht die fusselige
Katze froh!« Oder nach der Melodie von der Muppet
Show: »Wo ist die Miezekatze? Für deinen Hundepo!
Nur wenn du auf der Kaaatzeee sitzt, bist du richtig
froh!« Wenn sich die Umarmung dann nach ein paar
Minuten aufgelöst hatte, schlich ich mich immer in
Mamis aufgeschlagenes Bett, haute mich in den tollen

Bettmief rein und schlummerte dort selig weiter, bis es dann Zeit war rauszugehen …

Voll auf die Ohren gekriegt

Mami war genervt, weil ich mich mal wieder völlig unmöglich aufführte. Angeblich! Ich wusste von gar nichts. Ich musste mich halt ständig am Hals kratzen, am Ohr scheuern oder mir umständlich und vorwurfsvoll über die Stirn wischen. Dazu musste ich aber jeweils sitzen und das durchschnittlich alle drei Minuten. Mami war schon ganz verzweifelt: »Da ist aber *nichts*, Calimero, nicht das allerkleinste bisschen ist da zu sehen!« Und wie es immer so war: Das konnte man natürlich noch locker steigern. Wo ich nun schon mal saß, fing ich auch noch an wild den Kopf zu schütteln, bis die Ohren mir ans Hirn klatschten. Mami war jetzt genervt: »Was soll das da werden? Extrem-Headbanging?! Empfängt dein Ortungschip jetzt Radio Wacken, oder was ist los …?!«

Nach zwei Stunden in der Stadt war Mami fix und fertig, kehrte schließlich unvollendet um und schleifte mich auf dem Rückweg gleich mal zum Tierarzt rein. Wir kamen sofort dran, der Doc klappte das Ohr hoch und sagte befriedigt: »Ah!« Mama guckte interessiert zu: Mein ansonsten innen butterzartes, hellgraues Ohrläppchen war ganz mit einer bräunlichen, schorfigen Schicht überzogen, was es ganz hart und rau machte. Das war eine erstklassig entwickelte Ohrenentzündung beidseitig, vermutlich ausgelöst durch irgendeinen Schmuddel im Gehörgang. Der Doc reinigte meine Lauscher, gab Ohrensalbe ein und uns ein Audiospray mit. Das würde den nach unten gerutschten Schmodder gefahrlos nach oben transportieren, wo er sich dann entfernen ließ. »Das ist ein absolutes Teufelszeug!«, sagte der Doc begeistert und fuchtelte mit der kleinen Dochttube herum. »Innerhalb von sechs Anwendungen und drei Tagen sehen Sie eine signifikante Verbesserung!« Das sollte ich nun also eine ganze Woche lang mitmachen, und Mami freute sich schon jetzt riesig auf den garantiert zu erwartenden Ohrensalbenflip … Allerdings stellte sie fest, dass ich bereits auf dem Heimweg völlig symptomlos neben ihr herschlappte.

Und schon konnte ich was Neues: Den Tubenflip! Der ging wie alle anderen Flips auch, nur ohne Wasser, Gras, Schnee oder sonstige Panaden. Tief luftholen, Köpfchen schieflegen, steiler Schnauzenstoß gegen den Boden, langer Lefzenschmierer, zügig abrollen, den Rest nach hinten runterklatschen lassen, strampeln, ächzen, schubbern und sich wurmen … Außerdem am Lager heute: eine *engagierte* Mama mit der offenen Ohrensalbentube. Nein, eine *ratlose* Mama mit tropfenden Ohrensalbenfingern. Nein, eine *genervte* Mama mit Ohrensalbe an der Augenbraue und am Kinn. Nein, eine *echt richtig schwer genervte* Mama, kniend auf einem Küchenboden voller Ohrensalbe mit lauter schwarzen Hundehaaren und rutschigen Pfotenabdrücken drin. Nein, jetzt hab ich's: eine *stinksaure* Mama mit einem völlig entfesselten Flipmops, der seinerseits Ohrensalbe an der Stirn, am Rücken, am Schwanz, an den Pfötchen … ach, überall eigentlich kleben hatte, außer natürlich im Ohr. Ich sag nur: Stunden später!

Neues von alten Bekannten

Heute mal wieder Überraschung auf der Wiese, neue Geschichten von alten Hunden … Der gute Packo hatte nach alter Manier zugeschlagen! Mittlerweile waren die ja mit ihrem Hund sogar schon vor Gericht gelandet, wie man so hörte. In der Wohnanlage lebte nämlich ein kesser Dackel im Nebenhaus und auf den hatte Packo wegen irgendeiner Sache einen Megahass. Daher kam er, stets vorschriftsmäßig für aggressive Rüden, ohne Leine, ohne Maulkorb und ohne jede Führung aus der Tür geschossen, wo er dann sofort den armen Dackel atta- ckierte. Alle Bitten, das Tier nicht immer unbeaufsich- tigt aus der Tür schießen zu lassen, verhallten ungerührt. Der Dackelbesitzer hatte mittlerweile den Eindruck ge- wonnen, die Packo-Besitzer kämen ganz zufällig immer *genau dann* raus, wenn er selber in der Tür erschien …

Und irgendwann war es dann natürlich passiert: Der Dackel wurde ins Bein gebissen, die Kochenhaut (~ Osteum) mit den Nerven und auch der Knochen sel- ber wurden ernsthaft verletzt. Viel Gewese, Geeiter und Gehumpel. Tierarztbesuche ohne Ende, doch es wurde einfach nicht besser. Dann musste wegen der in den Knochen eingewanderten Entzündung doch operiert werden, aber der Besitzer vom Dackel war mittlerweile schon so finanziell erschöpft, dass er sich an Packos Be- sitzer wandte, von wegen der Versicherung. Die wuss- ten dann aber leider spontan von gar nichts mehr und wurden dann sehr gewöhnlich. Das wäre jemand anders gewesen! Das schöbe er ihnen nur unter! Das wäre ja nur alles gespielt! Und der Dackel liefe seit einem Vierteljahr mit einem Dummy-Verband rum, um das Spektakel angemessen vorzubereiten! Und scheiß auf das Attest! Das wäre doch alles nur erlogen, gefälscht und gekauft! Da sah sich der geschröpfte Dackelbesitzer leider gezwungen Anzeige gegen Packo zu erstatten. Und selbst da stritten die Besitzer noch erbittert gegen ihn weiter, obwohl Packo dort bereits mehrfach aktenkundig war …

Angeblich hätten sie ihn mittlerweile ja kastrieren lassen und deswegen fühlten sie sich rechtlich irgendwie auf der sicheren Seite. Wir Hunde dagegen wussten alle, dass Kastration kein Mittel ist, wenn die Aggression eine andere Quelle hat als sexuelle Dominanz. Wenn ein Hund in der Kindheit und Jugend einen Knall bekommen hatte, halfen keine Kastration und meistens nicht mal mehr eine Psychotherapie. Wir Hunde sind ja nun leider durch Vernunft und gute Worte nicht zu erreichen! Das bedeutete: Wenn ein Hund nicht mehr über die nötige Frustrationstoleranz verfügte, sich anderslautende, nämlich gute Erfahrungen zu gönnen, dann war er einfach kaputt. Zumeist blieb ein solcher Angstschaden lebenslang erhalten und wurde nicht selten auch noch schlimmer. Denn allein schon durch das vorgreifende, aggressiv vorpreschende Verhalten, das vor etwas beschützen sollte, welches zumeist gar keine Gefahr darstellte, bestätigten sich nur oft noch die schlechten Erfahrungen! So mancher Hund ließ sich nämlich nicht ohne Weiteres anpöbeln oder attackieren, nur weil er da gerade spazieren ging … Außerdem hatte Packo jetzt schon so viele negative Erfolgserlebnisse durch seine Attacken gesammelt, dass sich die Aggression schon neuronal verselbstständigt hatte. Das war wie bei jedem anderen Lebewesen auch: Wiederholung erzeugte Gewohnheit und dann Automatismen! So funktionierte die Aggression wie ein selbstbedienter, psychischer Leckerlispender. Daraus zog er sich einfach jeweils den nächsten Adrenalinkick …

Und die neueste Geschichte war: In der gleichen Anlage lebte auch ein Rudel aus drei sehr ungezogenen, ständig kläffenden Jack-Russel-Terrier-Mädchen. Diese waren, eben weil sie sich so dermaßen unappetitlich benahmen, stets nur an Leinen und zerrten schreiend und pöbelnd in alle Richtungen gleichzeitig. Eine von denen hatte es dann wohl zu weit getrieben, bis Packo ihr ohne Vorwarnung in den Kopf biss. Und schon waren wieder die Ärzte, Polizisten und Gerichte beschäftigt … Aber sie wurden auch nicht schlauer! Anstatt endlich einen Maulkorb zu kaufen, hatten sie sich lieber aus dem Heim einen weiteren verkorksten Brocken geholt. Und der war genauso übel drauf wie sein Kumpel Packo! Zu zweit wurden sie erst richtig unerträglich. Daher gingen die vier jetzt nur noch nachts auf die Hundewiese, wenn niemand sonst mehr da war.

Und eine traurige Genugtuung: Rico, der damals ständig auf mich draufpissende Mischling des völlig Uninteressierten, hatte sich neulich überhaupt nicht abrufen lassen und dabei einen Autounfall verursacht. Er war über die Straße gelaufen, wurde angefahren und der Laster hatte sich im Ausweichen auch noch um einen Laternenpfahl gewickelt. Ich hatte da ja nur noch im Ohr: »Also *ich* hab meine Hunde im Griff, was deiner da macht, weiß ich ja nich, näää …« Wie man so hörte, war der Uninteressierte außerdem einer der besten Kumpels von Packo und Co, das passte dann ja. »Auf so einer Wiese geht es schlimmer zu als in der Kaffeeküche einer Firma!«, murmelte Mami leicht erschöpft im Weggehen.

Pissing Cowboys

Nachdem meine Geschlechtsreife nun erfolgreich abgeschlossen war, schrieb ich ganz gerne meine Kurznotizen überallhin … Nur dass dann auch alle Bescheid wussten! Es war so eine Art Post-it, die sind ja auch gelb … Weil ich aber nun keine Klebezettel zur Pfote hatte, benutzte ich einfach hausgemachte gelbe Tinte und schrieb emsig Steno auf zwei bis drei Beinen. Mama konnte alles zweifelsfrei lesen! Na ja, war ja auch sehr gut zu erkennen an der hellen Gardine und auf der weißen Tagesdecke …

Wie immer, wenn *einer* was zu sagen hatte, fiel dem *anderen* auch gleich was ein! Merlin, der fette Perser, hatte wohl schon vorher eine deutliche Neigung zum Bettnässen gehabt, was auch seine Adoption aus dem Tierheim erklärte. Der ließ sich das als »Pissnelke Numero uno« nun natürlich nicht nehmen, auch seinerseits die Post-its mal wieder rauszuholen! So kam es dann, dass Mami neulich ungelogen sieben verschiedene Klebenotizen auf ihrer weißen Tagesdecke vorfand. Sie konnte sich das Szenario gut vorstellen: Zwei Cowboys, zu allem entschlossen und quasi bis an die Zähne bewaffnet, trafen sich mit langsamen, breitbeinigen Stelzschritten High Noon auf der menschenleeren Mainstreet. Dann holten sie ohne Vorwarnung die Knarren raus und fingen an, sich gegenseitig jede Menge Post-its zu schreiben …! Leider konnte Mami nicht rausfinden, *wer* von uns nun damit jeweils angefangen hatte. Der postpubertäre Köter beim Männlichkeitsritual? Oder die eifersüchtige Perser, die ja schon längst ihre Kronjuwelen abgeliefert hatte und nun qualvoll fremdes Testosteron erschnüffeln musste? Sie hatte die fette Perser im Verdacht. Und dann käme nichts ahnend *ich* daher, läse das frische Post-it am Bett und dächte erfreut: »Ach, das *darf* man? Na, dann mal los, ich kann ja nun auch schon wieder …!« Unerfreulich fand Mami das, ganz und gar unerfreulich, wie da sieben Mal die Sonne auf dem Bett aufging …

Auf der Wiese trafen wir dann nachmittags das Herrchen von LouLou auf dem Fahrrad, allerdings solo. Mama erzählte entnervt die Geschichte von den pissenden Cowboys zu Hause. Und der Papa von LouLou erzählte die Gruselgeschichte von der Tierarztambulanz, den Tausenden-von-Euros-Rechnungen und den ewigen dann folgenden, fruchtlosen Diskussionen. Und schon fühlte Mami sich schäbigerweise mit ihren klebrigen, gelblichen Cowboys im Vergleich dazu schon wieder viel besser! Bei ihr war es ja nur die Tagesdecke voller Post-its, bei LouLou dagegen war es ein echtes Problem! Was war denn da nun wieder passiert …?

LouLou hatte schön gespielt mit Kessie. Kessie war ein extrem liebenswertes, etwas doof aussehendes und leider total übergewichtiges Labradormädchen. Man konnte förmlich dabei zuschauen, wie sie immer fetter wurde. Sie gehörte einem serbischen, jungen Pärchen und spielte da wohl das Baby … Er war wahnsinnig stolz auf sie, sie durfte nicht raufen und nicht mit so vielen Hunden gleichzeitig spielen. Er riss dann in Panik seine fette Kessie aus dem Knäuel, nahm sie an die kurze Leine mit sich und schleppte sie widerwillig aus dem schönen Spiel heraus. Ganz schnell nach Hause, an die heimische Pfanne, in Sicherheit! Verschiedentlich hatte er wohl mal erzählt, dass sie so teuer gewesen sein solle. Und dass sie eine *reine Showlinie* sei und zum Raufen einfach nicht gezüchtet. Und dass er nicht wolle, dass diese ganzen wilden Köter da sein schönes Juwel irgendwie kaputt machten! Die anderen Frauchen und Herrchen, von den ganzen wilden Kötern im Knäuel da, guckten in der Regel auf derlei Beiträge eher sparsam und sagten gar nichts. Vielleicht war das auch klüger so, dachte ich mir. Denn Besitzern von einem so dermaßen fetten Hund (den sie mit gebratenen Schweineschnitzeln mästeten, weil er das so gerne aß) und dessen Fettwallen beim Apportieren sichtbar auf und ab schwabbelten, musste man nicht mit so was wie Vernunft kommen … Mami hatte mal gesagt: »Sie hat ja schon auch – äh, sehr schwere Knochen für einen Labrador … Was sagt denn der Arzt zu ihrem Gewicht?« »Aaalläss prriiemaa! Arttzt ießt säähr zufrriieedäähn miieet iieehr! Aaallääss päärrfääckt!« Ich überlegte dann später, dass man dringend mal feststellen müsste, wie viel Dioptrien dieser Tierarzt eigentlich hatte. Ich vermutete nämlich, es waren um die acht Dioptrien, alleine schon in der Nahsicht! Der dachte wahrscheinlich die ganze Zeit über, er behandele dort ein kleineres Kalb – und keinen weiblichen Labrador! Uns anderen Hunden taten so verfettete Kumpels nur immer leid, denn wir wussten ja, wie labil unsere Gelenke oft waren. Und dass jedes glückliche Pfund Speck uns später sehr unglückliche Schmerzen in den Knochen machen konnte … Insbesondere dann, wenn wir eine Bulldogge, ein Labrador, ein Schäferhund oder ein Mops waren!

Paarlauf der Damen

Und nun war etwas wegen des kleinen Kalbs passiert.
Sie hatten also zusammen gespielt und Labrador Kessie
war ständig auf Akita LouLou obendrauf gewesen, die
32 Kilo wog. Diese 32 Kilo wollten die fette Kessie nun
irgendwann entschlossen von sich runterschieben. Kessie
hielt das für einen Spaß, machte sich schwer, was ihr sicherlich leichtfiel, (haha,) und schon machte es »kracks«
und LouLous Schulter war nach hinten weggebrochen.
Wer war schuld daran, das konnte man natürlich nicht
sagen, wenn Hunde miteinander spielten! Tja, dann ging
es los: LouLou schrie vor Schmerzen und Papa musste 32
Kilo weinenden Schlittenhund zwei Kilometer weit bei
40 Grad im Schatten nach Hause schleppen! Taxi holen,
Ambulanz, Not-OP, hohe Kosten! Und dann gleich noch

eine OP! Und dann eine Reha. Und Krankengymnastik und teure angepasste Bandagen. Und immer wieder Nachuntersuchungen und immer wieder Röntgen … Gebrochene Hundeschulter war in jedem Fall kein Geschenk und auch ganz bestimmt kein Spaß! Denn so ein Hund musste ja laufen, er konnte die Schulter also nicht mit angewinkeltem Arm eingipsen lassen und sich aufs Sofa legen! Es stellte sich nun heraus: Kessie wog 52 Kilogramm! Das war so ziemlich das Kampfgewicht eines ausgewachsenen Münsterländerrüden! Aber zahlen wollten die beiden stolzen Eltern des Mondkalbes trotzdem nichts zu den ganzen Operationen und den vielen teuren Instandsetzungsmaßnahmen: »Haatt jaa Kässieh nicechttss zuu LuuLuu gäämachkt, waass niieeecchkt solltää maachkään!«

Verschwinderitis

Was Mami an Calimero, neben den ganzen Flips am meisten nervte, war seine ständige Verschwinderei aus dem Stegreif. Eben lag er da noch ganz entspannt blinzelnd rum, kaum kam sie zwei Minuten später wieder vorbei: nur noch ein Loch in der ungesaugten Landschaft. »Weg …«, sagte Mami dann immer leicht überrascht. Nervig entwickelte sich das Verschwundensein dann für sie, wenn sie nach Hause kam. Möpse konnten es nämlich auf den Tod nicht ab, einfach zu Hause gelassen zu werden! Ganz egal, wie vernünftig sich das auch gerade für Menschen anhören mochte. Das hieß dann: Die Katze stand immer als stramme Entourage an der Tür, wenn sie wiederkam, und gab den treuen Hund. Der untreue Hund hingegen war stets weg und gab die treue Katze. Er kam auch dann nicht, und das nervte Mami am meisten, wenn er gerufen wurde. Das tat ich schon nicht als kleiner Wurm und bin dabei auch standhaft geblieben! Nicht mal Bestechungsgeld oder großes Tamtam bei meiner gnädigen Sichtbarwerdung halfen der Sache auf die Spur. Ich blieb am liebsten einfach verschwunden!

Am Anfang war Mami immer leicht besorgt durch die ganze Wohnung getigert und hatte mich überall erfolglos gesucht. Und zumeist im ersten Waschgang dann glatt auch nicht gefunden! Ich konnte mich nämlich klitzeklein machen. Und nur weil ich zufällig sechs mögliche Nester hatte, lag ich da aber noch lange nicht drin.

Auch die anderen fünf Liegeflächen, auf irgendwelchen kleinen Teppichen, dem Sofa oder Bett, mussten es ja nun auch nicht immer sein. Ich wanderte eben einfach gerne herum beim Ausruhen! Und da konnte es dann auch schon mal sein, dass ich eben hinter der Badewanne lag, im bodenlangen Duschvorhang eingewickelt wie ein fettes Wrap. Und dass ich auf dem schwarz-silbernen Vorleger, im Schatten zwischen Wanne, Waschmaschine und Waschbecken optisch komplett untergetaucht war. Oder dass ich in der Kammer, hinter der angelehnten Tür, im Schatten, zwischen lauter schwarzen Schuhen, still eingekugelt lag. Wenn ich mich dann leise verhielt, nicht doof atmete und mich nicht bewegte, latschte Mami so oft an mir vorbei, bis sie irgendwann fast in Panik geriet! Prima Spielchen … Wenn sie mich mitnähme, wüsste sie ja immer, wo ich wäre!

Mittlerweile hatte sie aber dann nachgelernt: Möpse verschwanden nicht aus Wohnungen! Wenn eingebrochen worden wäre, würden das Notebook und der Fernseher fehlen, aber garantiert nicht der Mops! Klar, für Mami bin ich nun mal das wertvollste Kleinod hier. Dreimal war ich dann wirklich *ganz* weg. Aber weil ich nun mal ein Held bin und im Allgemeinen immer sehr entspannt, machte ich auch keinen Rabatz, um auf meine Misere aufmerksam zu machen. Ich wartete einfach geduldig ab, bis man mich dann mal suchte – und eben irgendwann auch wiederfand …

Das erste Mal war ich den Katzen auf der Sofalehne hinterhergestiefelt und es gab da oben ein kleineres Scharmützel. Als Ergebnis hatte ich das Gleichgewicht verloren und war in ihr Nest hinter das Sofa abgestürzt. Da der einzige Ein- und Ausgang oben raus war, saß ich Tintenwurm da nun natürlich in allerfeinster wurmiger Tinte. Mami rief und suchte fast eine Viertelstunde lang nach mir und ich wartete schweigend in all den Katzen-fusseln auf meine überfällige Rettung.

Der feindliche Agent hätte mich NIE entdeckt – wäre er nicht voll in mich reingerannt!

Das zweite Mal saß ich dann schon wieder hinter dem Sofa fest. Diesmal weil ich meinte, als Hängebrücke zwischen der Sofalehne und der Fensterbank schlafen zu müssen. So konnte ich in luftiger Höhe freitragend, mit luftumfächeltem Bäuchlein, da rumhängen und auf die Miezekatzen glotzen. Dann schlief ich ein. Und entweder hatten mich die Kräfte verlassen oder ich hatte mich im Schlaf umdrehen wollen, jedenfalls: pardauz! Und wieder dauerte es ewig, bis Mamis genervtes Gesicht auf mich vollgefusseltes Unglückswürmchen niederstarrte: »Ich *wusste,* du steckst irgendwo in Problemen, als du nicht zum Frühstück erschienst …!«, knurrte sie und stemmte mich schweren Fussel hoch.

Das dritte Mal blieb ich dann einfach im Fahrstuhl pappen, denn ich hatte eben einfach keine Lust gehabt mit auszusteigen. Und weil Mami so vollgepackt war, herumrannte, Sachen verstaute, hin und her wetzte und packte, merkte sie auch nicht, dass ich nicht mit ausgestiegen war. Sie hatte mich noch gar nicht vermisst, als der Fahrstuhl dann aus dem Erdgeschoss angefordert wurde. Ja, und ich schaukelte völlig tiefenentspannt, genau in der Mitte sitzend, wortlos wieder mit nach unten. Als dort die Tür aufging, fand Mami mich, ohne mich überhaupt vermisst zu haben. Sie hörte durch die geschlossene Tür nämlich das begeistert überraschte Gequieke: »Ja, wer bist duuu denn? Bist du ein kleiner Boxer? Wo willst duuu denn so ganz alleine hin?« Mami riss die Tür auf und brüllte angepestet in den Schacht: »Schicken Sie ihn einfach in den Vierten hoch, er ist getürmt!« Großes Gelächter schallte während der Fahrt herauf. Und ich fuhr in aller Seelenruhe mit den Fremden in den Zweiten und alleine bis in den Vierten weiter. Wo ich dann auch noch massiv aufgefordert werden musste, die Fahrgastkabine dann bitte auch endlich mal wieder zu verlassen …

Mami ächzte damals entkräftet in mein unschuldig schiefgelegtes Gesichtchen: »Ich muss dich dringend ins St.-Mungos-Hospital für magische Krankheiten nach London bringen! Du hast dir ganz bestimmt die Verschwinderitis eingefangen! Wer weiß, vielleicht treffen wir da ja sogar Harry Potter …«

Am schlimmsten war es dann für sie immer im Garten. Da gab es so viele dunkle, wuschelige Ecken und Winkel! Ideal für ein kleines Tintenwürmchen mit einem Hang zum Verschwinden. Natürlich beherrschte ich es auch dort lückenlos, aber weniger aus Absicht als aus … äh … Kodex … oder aus … äh … Versehen? Sie hatte schon oft gedacht, ich sei aus irgendeiner ihr unbekannten Zaunlücke ausgebüxt, über das Tor hinweg gestohlen worden, irgendwie verloren gegangen oder schlicht levitiert: ‚Ascensio Pugnus sanktus – Die Himmelfahrt des heiligen Mopses‘, das kannte man ja so schon aus der Bibel! So suchte sie ihren Mops stets viele Minuten erfolglos, rief, lockte: Das übliche Schweigen im Walde antwortete ihr beredt, auch ganz ohne Wald! Der Waldläufer hingegen lag, selig eingerollt wie ein Engerling, tief schlummernd, im feuchten Hochbeet unter den breiten Kürbisblättern. Oder ich gab die Nacktschnecke im dunkelsten Teil des Gartens, eingerollt im hohen Efeu. Ich wurde aber nach längerer Suche auch schon aus der Holzkohle im umwucherten Komposthaufen gezerrt, was dann den Regentonnenflip zur Folge hatte. Manchmal lag ich aber auch nur, bei strahlendester Sonne, in meinem schwarzen Nest in der dunklen Hütte, ganz hinten und hatte die Augen zu. So war ich, wenn man sonnenblind da reinstolperte, nur auszumachen, wenn man mal probehalber ins Nest reinpikte … Am liebsten schlief ich jedoch mitten auf dem Gartentisch. Das hatte ich mir schon als Winzling so angewöhnt, als ich meine ersten grandiosen Hüpferungen unternahm: Hocker – Tisch. Denn auf dem Tisch lagen meistens Mamis Sachen: Jacke, Pulli, Tasche … Und ich bin nun mal Mamis kleiner Mops, *wenn* ich nicht gerade ein Engagement als verschwundenes Fiasko hatte. Und am liebsten lag ich mitten in meinem Familiengeruch drin, ich bin einfach ein treues Rudeltier.

Gämsen und Berglöwen

Oh, ich konnte schon wieder was Neues! Anstatt Agility mit den blöden Hunden in der doofen Schule! Wir gingen dazu samstagmorgens oft spazieren in den schönen Zamilapark, da gab es sogar ein sehr entspanntes Rudel Graugänse. Die fütterte Mami immer mal mit übrig gebliebenem Brot, das sie extra in Würfelchen schnitt. »Würdet ihr das für mich eigentlich auch tun …?«, fragte sie beim Füttern dann immer. Doch die Gänse, Enten und Blesshühner hatten alle gute Manieren und sprachen generell nicht mit vollem Schnabel. Ich durfte da natürlich nicht mit hin, auch wenn ich nichts machte, so generell. Ich war also an dem grünen Pflock angebunden und von Zeit zu Zeit flog auch zu mir ein Brotwürfelchen herüber. Die kleine Plattnasenente im schicken Windjäckchen wollte schließlich auch ihren Obolus.

Und dann ging es gestärkt weiter, denn in dem Park gab es einen Abschnitt, in dem große Gesteinsbrocken aus den Alpen aller umliegenden Bergketten herumlagen. Mami hatte ein schönes Sportspiel für mich erfunden! Es hieß: *»Wohnen hier Gämsen?«*, und dann stürzte ich auf den jeweiligen Brocken und kraxelte rasend schnell bis auf die höchste Stelle hoch. Da stand ich, stolz mit durchgedrücktem Rücken, wie eine Bergziege und überblickte mein Reich … Nun kam Mami und fragte: »Gibt es hier auch *Berglöwen* …?«, und machte dabei die Bewegung, als solle ich »Winke, winke!« machen. Ich gab ihr also winke, winke und »Ja!«, rief sie enthusiastisch. »Greif mich an!« Also schlug ich wieder mit der Pfote entschlossen in ihre Richtung durch die Luft. »Uuuhhh!«, rief Mami dann. »Wie gruselig! Er ist wild! Ich gebe ihm besser ein Stück Fleisch, damit er mich nicht frisst!« Und dann kriegte der Berglöwe ein ganz besonderes Leckerli, nur für Berglöwen! »Uuund – off!« Calimero, die Gämse, die eigentlich auch ein Berglöwe war, kletterte nun geschickt wieder herunter und sprang das letzte Stück geschmeidig ins Gras ab. Das war die typische Anmut wilder Tiere und *ich* besaß sie im vollen Umfang! So arbeiteten wir uns dann über die gesamten Findlinge dort.

Eines Tages passierte dann wieder mal die Verschwinderitis mit mir. Und Mami war gar nicht mehr gelassen, denn in der Wohnung und im Garten verschwanden ja keine Möpse, das hatte sie mittlerweile auf die harte Tour gelernt. Aber in Parks verschwanden sehr wohl ständig Hunde! Sie drehte sich um: Ich war dann mal wieder weg! Sie rief mich: Nichts passierte! Sie rannte zwischen den Steinen, in denen wir gerade eben noch gearbeitet hatten, wie ein kopfloses Huhn herum. Aber kein Mops weit und breit, keine Gämse und auch kein Berglöwe mehr! »Wie kann jemand mit so dermaßen kurzen Beinen innerhalb von Sekunden komplett verschwinden?!«, jammerte Mami und weinte fast schon. Menschen waren auch keine da, die mich hätten ablenken oder anlocken können. Das alles war mal wieder extrem mysteriös, denn auch die Wiese lag offen vor ihr, der Weg war einsehbar, eigentlich *konnte* hier gar kein Hund plötzlich verschwinden! Außer mir natürlich, aber ich war ja auch eine Gämse. Plötzlich hörte Mami aufgeregtes Geschnatter, Gelache und erstaunte Ausrufe hinter sich. Sie umrundete den riesigen, schwammartig gelöcherten, ca. drei Meter hohen Hinkelstein aus dem Schweizer Voralpenland. Davor entdeckte sie drei Spaziergänger, die lachten und erstaunt immer wieder nach oben deuteten. Mami guckte also hoch und fasste sich prompt ans Herz! Da ganz oben, scharf im Gegenlicht, saß als Scherenschnitt eine kleine, etwas korpulent wirkende Gämse in einem rot-schwarzen Windjäckchen mit abstehender Kapuze. Sie ruhte vollkommen entspannt auf der Spitze des Berges und grinste selbstbewusst zu den Menschen herunter …

Was ich mal gelernt hatte, das saß in aller Regel dann aber auch bombensicher und war selbst noch in der Krise abrufbar. So konnte ich die Gämse nämlich auch auf hohen Schneehaufen liefern. Und den Berglöwen natürlich sowieso, denn der arbeitete im Notfall auch mal als Schneelöwe! Da war dann dieser eine Tag im März, da war ich von vorne bis hinten einfach nur scheiße, plärrte Mama schon genervt auf dem Hinweg. Ich hatte nämlich bei dem Versuch, Panade aufzutragen, auch völlig gegen ihr ärgerliches »Nein! Nein! Nein!« unfreiwillig ein schönes Bad im Schneeschlamm genommen. Das hieß, ich sah schon in der ersten Biegung dementsprechend gebraucht aus. Weil das jetzt ja nicht geklappt hatte, versuchte ich es gleich noch mal und sah dann leider prompt noch viel gebrauchter aus! Mami war vielleicht sauer: frisch gewaschenes und imprägniertes Cape und dann gleich Schlammbad mit Salzkruste, beidseitig! Es musste also jetzt schnell was passieren, das ihre Laune hob und auch ihre Einstellung in meine Richtung wieder korrigierte …

Schon nahte meine Chance! Eine alte Dame fegte den letzten Schnee auf dem Gehsteig zusammen und hatte schon einen ganz netten Haufen gemacht. Ich sah meinen Einsatz, Mami brüllte schon wieder: »Nein! Nein! Nein!«, doch ich gab entschlossen im vollen Sprung die Gämse – mitten in den verlockenden Haufen hinein! Und sank sofort im Schneematsch wie ein Stein zu Boden. Da lag ich dann: ein völlig verdatterter Spaghetto in einem sehr gebraucht wirkenden, patschnassen Cape. Ich blinzelte überrascht zwischen den scharfen, hohen Schneematschmauern zu den beiden Gesichtern hoch. Diese starrten von rechts und links fassungslos in die tiefe Schneise der Mitte dieses unappetitlichen Matschberges. Sie sahen sich dann gegenseitig lange stumm an, dann wieder auf mich. Die Gesichter verschwanden. Mami zuckte die Schultern und ging wortlos weg. Die alte Dame zuckte auch die Schultern und fegte wortlos weiter. Nur ich lag da wie bestellt und nicht abgeholt …

Lassie für Arme

Ich arbeitete übrigens auch manchmal bei der Tiernotrettung, in Teilzeit! Ich saß bewegungslos vor den kleinen Wassergärten auf der Terrasse und heulte aus vollem Halse. Mami war nach ein paar Minuten echt genervt von meinem Hartz-IV-Wolfsgeheul und kam angelaufen, um mich mal zusammenzustauchen. Aber dann sah sie es auch: In einer der Wannen schwamm schon ganz kraftlos eine kleine Kröte, die sich an dem glatten Rand nicht mehr herausarbeiten konnte. Mami setzte die schlappe Amphibie auf die Terrasse. »Mensch Lassie …«, sagte sie echt anerkennend zu mir Rettungshund. »Du bist wirklich brauchbar!« Lassie setzte sich dann ganz vorsichtig neben den kleinen nassen Kerl, dessen Lungen wie ein Blasebalg pumpten. Ich schaute mitleidig runter und blinzelte: »Geht's wieder …?« »Man …«, schnaufte die kleine Kröte atemlos. »Ich bin völlig im Eimer!« »Das wird schon wieder …«, sagte ich zuversichtlich. »Wirst schon sehen!« Und langsam erholte sich mein kleiner Proband auch wirklich. Sein Atem wurde ruhiger und er wirkte wieder etwas wacher. Mami stand hinter uns und sagte hingerissen: »Ihr seht original aus, wie Zwillinge! Zwei dickliche Auberginen mit rundem Hintern, kleinem Kopf und einer putzigen Speckfalte im Nacken …!« Irgendwann fing mein kleiner Auberginenbruder an sich langsam zu stretchen und hüpfte dann schließlich mit gemessenen kleinen Hopsern platschend ins Gebüsch hinein. Ich folgte ihm langsam, soweit ich konnte, und sagte dann: »Auf Wiedersehen, Kleiner! Pass zukünftig besser auf dich auf, ja? Ich kann schließlich nicht überall sein …« Er versprach es – und verschwand. Ich saß dann aber trotzdem noch viele Minuten mit schiefgelegtem Köpfchen vor dem Weinbeet und wartete darauf, dass er wieder rauskam, zum Spielen oder so …

Handtuchflip

Wie heißt es doch so schön: Ein neuer Tag, ein neuer Flip! Ich hatte schon wieder eine ganz neue Performance entwickelt. Normalerweise sollte ich ja, wenn ich dann endlich unter dem ganzen Ausflippen nass geworden war, auch nass bleiben. Aber nicht, wenn es geregnet hatte, komischerweise! Dann musste ich mich im Treppenhaus auch noch abfrottieren lassen, das konnte ich ja wohl *gar* nicht ab … Es kam deswegen zum Vortrag: der Handtuchflip! Er begann, wie alle Flips begannen: mit Schnauzenstoß, Lefzenschmierer, Abrollen und Aufklatschen! Dabei schubbern, wurmen, grunzen, ächzen und in Rückenlage blöd strampeln …! Das war schon mal eine gute Aufwärmphase. Aber dann folgte noch der Handtuchflip! Das bedeutete: Voll ins Handtuch beißen! Ärgerliches Beuteschütteln! Dabei sehr wüst knurren, Ohren anlegen, dringend in die Vorderkörpertiefstellung gehen! Und dann mit dem nassen Handtuch plötzlich abhauen! Auf der Flucht leider voll drauftrampeln! Und prompt stolpern, mich überschlagen und verdattert irgendwo liegen bleiben! Wenn die Benusselung abklingt, sofort übergangslos weiterflippen – auch zum Überspielen der etwas schwachen Performance. In diesem Moment kam Mami angewetzt und wollte sofort das nasse Handtuch haben. Aber da hatte sie die Rechnung ohne ihren Kampfstier gemacht! Der hatte sich nämlich sofort wieder verbissen, knurrte, machte gruseligstes Beuteschütteln und zerrte ächzend aus Leibeskräften nach rückwärts! »Naaa, guuut – Mini-Torro!«, sagte Mami grimmig entschlossen. »Du willst also einen kleinen Stierkampf?! *Das* kann ich für dich einrichten!« Huch! Sie hatte sich plötzlich das Handtuch gekrallt, spannte es wie eine Leinwand vor mir auf und schlackerte damit herum. Oh, là, là, diese Matadorin konnte mich jetzt aber mal kennenlernen! El Diabolo, der Kampfstier, senkte seinen mächtigen Stierschädel mit dem dicken Stahlring in der Nase, scharrte mit dem Huf im Staub der Arena und raste dann kopfüber mitten in das Handtuch hinein! Die Matadorin zog es aber schwungvoll weg und rief feurig: »Olé!« Und gleich noch mal! Und noch mal! Und dann erwischte El Diabolo doch endlich noch das verdammte Tuch und verbiss sich, zum Äußersten entschlossen, komplett darin! »Oje!«, rief die Matadorin verzweifelt. »Der böse Stier frisst meine Muleta!« Jetzt kam wirklich jede Hilfe zu spät! Der wilde El Diabolo würde erst den feuchten Lappen und dann die Matadorin fressen, olé!

Das ging dann wohl voll ins Auge

Schlechte Nachrichten heute! Mami hatte das schon die ganzen Tage gesehen, Calimero besaß rechts ein Matschauge! Konnte ja immer mal sein, dass ein Haar oder Krümel im Augenbindesack klemmte ... Aber nicht drei Tage lang mit viel Glibber. Mami hatte immer wieder gesagt: »Mein Lieber: Du hast da ein Glibber-Eye ...!« Und nun war der Glibber auch noch eitrig geworden. Mami packte mich ein und wir gingen in die Apotheke rüber. Sie sagte, sie bräuchte etwas gegen Bindehautentzündung, das man auch in Mopsaugen träufeln könnte, und der Apotheker beugte sich über den Tresen und sagte professionell: »Lassen Sie mich mal kurz sehen ...« Mami hielt mich also ins Licht der Strahler und erschrak so, dass sie mich fast wieder fallen gelassen hätte! Die Augen, besonders das linke, waren ganz matt und milchig! »Das habe ich nicht gesehen!«, jammerte sie erschüttert beim Tierarzt, bei dem wir sofort drankamen, als er hörte, es sei was mit meinen schönen Augen los. »Seine Lider werfen immer einen solch tiefen Schatten, dass die Augen wie schwarz erscheinen!« Sie nahmen die Spaltlampe und betrachteten das Auge. »Wir haben einen Notfall!«, sagten sie plötzlich und sahen sehr ernst aus. »Sie müssen *sofort* in die Augenklinik! Er hat eine sehr tiefe Verletzung im Augapfel! Ich ruf durch und melde Sie sofort an!« Auch das noch. Und warum hätte ich nichts gemerkt und mich nicht gemeldet? Weil der Augapfel an sich unempfindlich ist. Und weil ich als Bulldoggenabkömmling ein Held war, der generell viel einsteckte und sich nur im äußersten Notfall mal meldete. Dann also ab in die Augenklinik! Ja, da war wirklich eine sehr tiefe Verletzung, so tief, dass das Auge fast ausgelaufen wäre, wenn es noch etwas tiefer gegangen wäre. »Habe ich denn völlig versagt?!«, fragte Mami völlig erschüttert. Die Ärztin beruhigte sie: »So was kann ganz schnell passieren! Eine Kralle beim Spielen, ein aufgeschleuderter Split vom Vordermann, ein zurückschnellender Ast … Ja, selbst ein hoher Schilfhalm kann so etwas schon machen. Da steckt man leider nicht drin!« Mami jammerte, was denn nun passieren würde? Die Nachrichten waren dann aber sogar *noch* schlechter: »Er hat extrem trockene Augen, das ist auch der weiße Schimmer, den Sie da jetzt plötzlich gesehen haben. So was entwickelt sich langsam, *dann* aber sehr rasant! Auch die Verletzung im Auge ist unsichtbar, wenn man nicht weiß, wie das aussieht … Aber wir müssen jetzt handeln! Der kleine Calimero hat eine massive Fehlstellung der Unterlider. Diese sind nach innen eingeklappt, das nennt sich ein beidseitiges Entropium. Dieses kann oben oder auch noch unten sein, bei Calimero ist es nur unten. Es ist manchmal nur nasal, aber hier ist das ganze Augenlid betroffen. Nun schubbert also die Kante von Unterlid, anstatt der befeuchtenden Bindehaut, ständig auf dem Augapfel herum, das macht extrem trockene Augen. Und da könnte dann theoretisch schon ein kleines Sandkorn reichen, um den spröden Augapfel zu verletzen, denn es wird ja nichts herausgespült!«

Das ganze Dilemma hatte noch fast sein Gutes, denn so wurde die ererbte Fehlstellung meiner Augenlider endlich entdeckt und verhütete noch Schlimmeres. »Er hat sogar schon eine nasale Hyperpigmentierung der Iris«, sagte die Ärztin nach einem erneuten Blick in die Spaltlampe. »Da baut sich eine Schicht Pigmente in der Hornhaut auf, als Schutz gegen das ständige Geschubber! Wenn es fortschreitet und die Pupille bedeckt, guckt er schließlich wie durch eine Sonnenbrille … Vielleicht können wir es noch aufhalten! Das sind typische Mopskrankheiten, leider!« Das bedeutete: eine Menge Kohle, eine Menge Fahrerei, eine Menge Untersuchungen, eine Menge Augentropfen (eine Menge Flips, eine Menge Nerven und eine Menge Bestechungsgeld).

Und dann irgendwann wurde es nach ein paar Wochen besser, es war verheilt, wenn man auch die Narbe in der Sonne immer sehen würde. Die Augen klärten sich sichtbar wieder auf und auch die Hyperpigmentierung kam etwas zum Stehen. Klar war aber dennoch eines: Calimero musste demnächst dann unters Messer, damit die Unterlider operativ in die Normalstellung reguliert werden konnten. Das waren nicht so *ganz* tolle Nachrichten: so von wegen Narkose bei Kurznasen …

Armer Oskar

Und wie immer wenn es dann schon mal mies lief, kam es dann gleich auch noch etwas übler … Wir hörten von Sara nämlich beim längst mal wieder überfälligen Treffen mit Molli eine wirklich gruselige Geschichte! Es ging um den watschelnden Dackel-Oskar. Sara hatte immer wieder gesagt, die Herrchen müssten mal dringend mit ihm zum Tierarzt gehen, weil Oskar wirklich doch schon *sehr* sonderbar liefe und sie außerdem immerzu Blutflecken auf dem Parkett gefunden hatte nach seinem Besuch. Das hatten alle vier Herrchen nur ganz entspannt abgewiegelt und gemeint, sie könnten eben immer nur samstags gehen! Und das ginge dann *diese* Woche deswegen nicht und *nächste* Woche dann deswegen nicht … Und nun hatte Henry plötzlich ganz viel Blut im Urin gehabt und vier vollkommen offene Pfötchen! So gingen sie dann also endlich doch mal notgedrungen zum Tierarzt anstatt zum Golfen. Und der überwies den armen Oskar gleich ins CT, weil er etwas Fürchterliches im Gehirn vermutete. Oskar bekam eine Beruhigungsspritze und wurde in die Röhre geschoben. Dort entdeckte man einen wirklich riesigen Hirntumor, der bereits massiv aufs Kleinhirn drückte und machte, dass der Oskar watschelte wie ein betrunkener Matrose. Dabei hatte er sich die Pfötchen beim schwerfälligen Nachziehen immer wieder aufgerissen … Während die Eltern von Oskar noch einen Schock darüber hatten, wie schlecht es ihrem Würmchen die ganze Zeit gegangen war, während sie entspannt vor sich hin golften, starb

Oskar leider gerade im CT. Als sie ihn herausholten, war er bereits tot … Es war keine Beruhigung, dass der Arzt ihnen sagte, dass es sowieso nicht mehr lange gut gegangen wäre –und Oskar jetzt wenigstens würdevoll und ohne Schmerzen hatte gehen dürfen. Die ganze Familie heulte bloß noch geschlossen los. »Plötzliieech!«, sagte Sara offensichtlich erbost.

Aber das Übelste kam, wie immer, dann am Schluss. Oskars Mami stand voll unter Schock und Trauer, sie sagte, sie wolle erst mal keinen Mops mehr haben, denn sie müsse das erst mal alles verarbeiten. Und wenn sie wirklich *doch* noch mal einen Mops haben wollte, dann *nur* noch ein Mädchen! Die ewigen Machtspielchen und Beißereien mit den anderen Rüden und das ständige Protestgepisse, auch drinnen, habe ihr oft den letzten Nerv geraubt. Das Nächste, was passierte, war sozusagen dann gepinschert: Ihr Mann kam nach zwei Wochen, ohne jede Absprache, mit einem kleinen quietschenden Bündel nach Hause. Darin lag ein zwölf Wochen alter, blonder Mopswurm namens Tony … »Hörr bloß auff!«, schimpfte Sara ärgerlich. »Dass kann ja blooß schiiefgähän, vonwegän: Iiech wiell keinän Hund mähr und wänn, dann nur noch ain Mädchän!«

Kronjuwelenschrumpfung

Nachdem Mami noch immer leicht unter Schock stand wegen des armen, toten Oskar und seines ganzen Bluts im Urin, setzte ich noch einen obendrauf. Merke: Möpse können so was! Ich hüpfte auf ihren Schoß und schon hatte sie auf dem weißen Rock lauter eitrige und blutige Tüpfelchen. Die kamen von meinem Pitzie, wie sich schnell rausstellte. Das eitrige Tröpfchen war ja normal, das ginge nur weg, wenn man mich kastrierte, soweit war Mami schon im Bilde. Hatte sie Gott sei dank aber nicht vorgehabt, weil Möpse ja *eigentlich* nicht so besonders sexualisiert waren. Na ja, jedenfalls nicht *alle*, aber *einige* dann wohl doch … hüstel. Nachdem Dogbert wortlos ausgezogen war, machte ich ja dann seit einiger Zeit auf echten Hunden mit meiner Luftgitarre weiter. Und wenn das nicht funktionierte, insbesondere nicht an Neufundlandrüden, pisste ich den jeweiligen Herrchen von hinten an die Hosenaufschläge. Nur dass der betreffende Köter in aller Ruhe nachlesen konnte, was ich von der verkorksten Nummer hielt!

Also mal wieder zum Tierarzt, wir hatten ja nun fast schon ein Abo dieser Tage: »Man gönnt sich ja sonst nichts. Und hat ja auch sonst nichts weiter zu tun«, meinte Mami genervt beim Fahren aus der Tiefgarage. Also erlebten wir dann Calimero bei seinem ersten Ultraschall. Vorher jedoch sahen Sie den Director's Cut von »Der Kontaktgelflip«! Lassen wir aber jetzt die Finessen von den mit Gel vollgespritzten Assistentinnen oder der

Tierärztin mit dem Gel auf der Brille und dem Lachanfall … Es stellte sich heraus, dass ich eine Prostatitis mit massiver Schwellung und dazu auch noch eine eitrige Blasenentzündung bereits mit Grießbildung hatte. Wir waren also nicht umsonst hier, das war doch auch mal eine gute Nachricht, oder was …?!

»Na, prima!«, meinte Mami. Was nun, was tun?! Die Antwort war ganz einfach: Antibiotikatherapie und Kastration. In *der* Reihenfolge. Rumgeschnibbel kam jetzt so spontan aber leider nicht in Frage, weil ich ja sowieso demnächst schlafen gelegt werden musste wegen meiner schrottigen Augen. Also entschied Mami sich ein paar Tage später wirklich dann für das, was die Züchterin ihr in einem langen Gespräch dazu vorgeschlagen hatte: einen Kastrations-Chip, quasi die Pille für den vierbeinigen Mann. Sie würde chemisch meine Keimdrüsen schrumpfen lassen und somit auch den Trieb austrocknen. Inklusive hoch positiver Wirkung auf alle so auftretenden Irritationen des Urogenitaltraktes, mit denen unkastrierte Rüden immer wieder lebenslang zu kämpfen hatten. Wirkungsdauer: ca. sechs Monate. Innerhalb dieser Zeit würde man dann sehen, ob ich diesen Eingriff in meinen schwindenden Hormonpegel unbeschadet psychisch überstünde, ob ich fett würde, apathisch oder sonst irgendwie wesensverändert. Vom Alter und vom Verhalten her schien ich meiner Zuchtmutter her ausgereift genug, man könnte es jetzt mal versuchen. Auch im Zusammenhang mit den Pissing Cowboys und ihren ganzen Post-its. Und, oh Schreck, oh Grauen! Kaum war die schreckliche Entscheidung gefallen, kaum war die Konspiration zu dem Entschluss gekommen, meine

Keimdrüsen zu knebeln und meine Kronjuwelen zu schrumpfen, schon ging es auch wirklich los! Ich bekam eine örtliche Betäubung in die Nackenfalte und es kam eine nur riesig zu nennende Kanüle, die mir den Chip tief in den Nackenspeck schoss, brrrr! Der würde sich nach sechs Monaten restlos aufgelöst haben, man würde es daran bemerken, dass die Keimdrüsen sich wieder in Wallung begäben und die Kronjuwelen sich dann wieder aufpumpen würden. Und das mir! Schande, Schande, Schande über all diese Vermaledeiten um mich herum!

Pupsisch für Anfänger

Tja, ich zumindest hatte dann, nachdem die Keimdrüsenschrumpfung eingesetzt hatte, die ganze Unglücksgeschichte schon fast wieder vergessen! Nach nur wenigen Tagen zeigte die Nachuntersuchung: Keine Prostatitis mehr, Schwellung abgeklungen, Blase wieder gesund, keine Keime mehr vorhanden, Blut weg, Grieß weg … Nicht mal mehr das klassische Eitertröpfchen! Mami war total happy, sie fand das ja nie gesund, dass da irgendetwas in mir vor sich hin eiterte. Meine Kronjuwelen warfen immer weniger Schatten zur Mittagsstunde und hatten sich von der Walnuss schon bald zur Haselnuss geschrumpelt. Selbst meine Vorderbeine verloren wieder ihre Lähmungen, wenn ich Molli sah. Und die verrückten Pissing Cowboys hörten auf, sich an Muttis guter Tagesdecke zu duellieren. Auch die Hosenaufschläge unserer Wiesenfreunde erfuhren wieder Schonung und ich wurde nicht mehr dauernd mit dieser verflixten Wasserpistole ans Hirn geschossen!

Im Allgemeinen war Mami nun wieder entspannter, weil auch *ich* wieder viel entspannter war … Ich spielte, wie ich vorher gespielt hatte, und tollte in natürlicher Mopsart doof herum. Ich gab es auf, nur noch hektisch überall herumzuschnüffeln, steifbeinig um andere Rüden herumzustelzen und nebenbei dann auch noch zu versuchen den Kopf auf deren Rücken aufzulegen. Was ja bei Schäferhunden und ähnlichem Getier oft nicht ganz ohne Probleme abgegangen war, aber lassen wir das jetzt.

Außerdem hörte ich auf, wie ein autistischer Habicht in der Wiese zu stehen und drauf zu warten, ob was zum Poppen vorbeikam … Damit war die Entscheidung zur endgültigen Lieferung meiner Kronjuwelen allerdings auch gleich gefallen: Ich *würde* liefern, wenn wir in ein paar Monaten meine Augen operieren ließen. »Das ist prima!«, sagte die Ärztin froh. »Dann sind die Juwelchen noch ganz winzig, es ist nur ein kleiner Schnitt und der Hormonpegel bleibt auch gleich unten!« Die hatte vielleicht gut reden. Aber zugeben musste ich: Es ging mir tatsächlich viel besser, ich war wieder unbelastet und frei. Mami beruhigte mich noch mehr: Sollte irgendwo wieder ein kapitaler Packo ankommen (und von denen schien es dann wohl doch so einige zu geben), dann würde *ich* den jedenfalls nicht mehr aufreizen … Das war mal eine lohnenswerte Aussicht.

Und weil ich ja nun eines meiner Lebensziele verloren hatte, nämlich nervig sein, durfte ich was Neues lernen. Eine Fremdsprache! Die hieß »Pupsisch«. Mama hatte sie von »Käpt'n Blaubär« gelernt. Da hatte »Hein Blöd« die Truppe im Erdmittelpunkt mit rausgehauen, weil er mit den Kannibalen-Maulwürfen pupsisch sprechen konnte. Er hatte sich damals auf der Schule gedacht: Wäre doch nett eine Weltsprache zu lernen! Also Englisch oder Pupsisch …? Er hatte sich dann für Pupsisch entschieden, weil man mit Pupsisch einfach überall durchkäme … Pupsisch ging so, wie es sich anhörte: »Ppppffffttttt …!« Mami machte also ab sofort Pupsgeräusche, anstatt Befehle zu bellen, und eine passende Handbewegung dazu: Calimero, der kleine Kannibalen-Maulwurf, folgte ohne

Mühe sofort! Mami zwitscherte dann geziert: »Ach, ich bin ja so erleichtert, dass du fließend Pupsisch sprichst! Das erleichtert die Kommunikation ja so ungemein, findest du nicht auch … Ppppffffttttt?!«

Pumba

Manchmal war Mami auch etwas erschöpft von der Hundewiese und wünschte sich alle blöden Hunde gleichzeitig irgendwohin, wo sie nur unter sich seien und sich gegenseitig da dann auf die Nerven gingen … Für uns Hunde ist das alles kein Drama und es strengte uns auch nicht besonders an, weil wir ja trotzdem immer noch dieselbe Sprache sprachen. Solange kein Blut floss und niemand geschockt wurde, waren das nur »Gentleman-Affairs«. Bluffen, Rumtun, Angeben … Das war ja nun auch nicht anders als bei den Menschen! So als wenn sich in die Warteschlange vor der Metzgertheke einer schnell vorne reindrängelte, so tat, als merke er es nicht und dann sehr gewöhnlich wurde, wenn man ihn zu erziehen versuchte. Nur doof, aber nicht gefährlich.

Heute auf dem Hinweg zur Wiese trafen wir wieder mal auf Pumba. Das war eine riesige altdeutsche Schäferhündin mit dem Potsdam-Effekt: Es wackelten die Seismografen, wenn sie angaloppiert kam! Mami war der Fall völlig klar: Der alte Rüde war verstorben und seitdem hatte Pumpa Oberwasser. Es griff leider aber auch kein Mensch ein, um sie dahingehend zu illuminieren, dass sie *trotzdem* kein Chef war! Mami war immer total genervt und völlig erschreckt, wenn sie nichts ahnend um eine Ecke bog und plötzlich stürzten sich 35 Kilo knurrend auf ihren Mops und drückten ihn sofort runter. Von irgendwelchen Menschen, wie üblich an dieser Stelle, natürlich keine Spur. Von irgendwoher wehte der Wind eine verschwommene Sprachspur herüber: »Puuummmbaaa …?« Der übliche Effekt: keiner. Wie auch?! Wir Hunde lernten alles ja nur in einem hochkomplexen Umfeld, so auch über die Stimmlage und die Lautstärke. Wenn wir von Anfang an immer nur angebrüllt wurden, reagierten wir auf leise Ansprache bald schon überhaupt nicht mehr. Einfach deswegen nicht, weil wir sie gar nicht als an uns gerichtet erkannten! Und wenn dann ein Brüllaffe über 30 Meter Luftlinie unseren Namen flüsterte, tja. Außerdem dachten Menschen scheinbar, die sogenannte »mentale Leine« übers Abrufen funktioniere einfach deswegen mit Hunden, weil es für die Menschen bequem wäre, und das über beliebige Entfernungen. Großes Geheimnis: Es funktioniert so lange nicht, wie niemand die »mentale Leine« mit uns trainiert hat! Und selbst dann besitzt sie noch immer viele Störausfälle. Wer also eine lange »mentale Leine« mit seinem Hund haben will, der kauft sich zuerst mal eine Schleppleine und trainiert damit dann gründlich und vor allem richtig. Mami hatte es mit mir gemacht, als ich noch ganz winzig war und ich brauchte nicht sehr lange, um zu kapieren, worum es hier ging. Meine mentale Leine ist so bei 100 Meter geblieben … Aber zumeist entferne ich mich so weit auch nur, wenn ich *hinter* Mami bin und sie ja immer noch entspannt sehen konnte!

Der weibliche Aushilfschef Pumba war leider unsicher und machte daher sicherheitshalber schon mal alles zur Schnecke, was da rumlief. Natürlich hatte sie auch keine »mentale Leine« über der Luftlinie. Mama schrie den Hund an, drängte ihn mit den Knien rüde weg, Pumba knurrte sie an, führte sich weiter so blöde auf und attackierte mich. So ging das minutenlang, bis irgendwann, in schwerst rheumatischem Tempo, ein Uninteressierter ins Bild geschlurft kam. Dieser ignorierte Mamis Stress und ihre Rufe vollkommen, er sagte nur lahm: »Ach, daaaa bist du ja, Pumbaaaa …«, und drehte sich wortlos weg. Heute ist Mami richtig stinkig geworden – allerdings erst nachdem uns das nun schon das sechste Mal in Folge passiert war. Sie giftete ohne jede Vorrede los: »Das nächste Mal, wenn dieses subdominate Riesenviech aus dem Nichts meinen Hund attackiert, trete ich den aus dem Weg! Ich kriege jedes Mal Angst, mein Hund ist geschockt und ich habe hier minutenlang das Gerangel mit diesem mistigen, knurrenden Tier. Ich lasse mir das ab sofort nicht mehr von Ihnen gefallen!« Plötzlich war der Uninteressierte dann doch interessiert und brüllte aggressiv herum, von wegen die kleine Liebe wolle ja nur spielen und die tue ja niemandem irgendwas, schon prinzipiell nie. Mama sagte eiskalt: »Ich *weiß*, woher der Köter seine Aggressionen hat! Merken Sie sich meine Worte: Der Hund ist ohne Führung in meiner Aura – dann gibt es einen satten Tritt in die Kauleiste, ohne jede Warnung!« Mami hasste das total, sagte sie erschöpft zu mir, aber manchen Menschen wäre einfach nicht anders beizukommen. Man müsste ihnen wirklich mit Konsequenzen drohen, weil sie einfach auf *nichts anderes* reagierten und sich über Anstandsregeln, Vernunft, Gesetze und höfliche Ansprachen einfach nur hohnlachend hinwegsetzten …

Und wie es so war, auf der Wiese trafen wir ein paar Tage später gleich das nächste Opfer von Pumpa. Es war gleiches Szenario, nur dass Schnuffi noch kleiner und Pumba dort sogar noch aggressiver war. Ansprachen verhallten ebenfalls und wurden nur abschätzig über die Schulter beantwortet: »Das machen die dann schon alles unter sich aus!« Nun hatten sie es das letzte Mal dann so miteinander ausgemacht, dass Schnuffi in Portugal zuerst mal behandelt werden musste, weil sie eine tiefe Bisswunde davongetragen hatte. Das war dem Uninteressierten völlig egal: Das sei nicht Pumba gewesen, so was würde sein lieber Hund niemals tun, auf Wiedersehen! Mami erzählte Schnuffis Frauchen, was sie dem Uninteressierten gesagt hatte und dass *der* seitdem tatsächlich jetzt seinen Köter abrief, wenn er uns nahen sah! Das traute sich Schnuffis Frauchen aber nicht zu, darum riet ihr Mami zu einer Anzeige, wegen Unbelehrbarkeit und Uneinsichtigkeit. Sie wisse übrigens, wo Pumpa wohne. Und so kam es! Der Uninteressierte konnte Schnuffis Frauchen plötzlich sogar sehen, erzählte sie uns dann ein paar Wochen später und er habe sich bitterlich beklagt, warum sie gleich eine Anzeige gegen ihn gemacht hätte, man hätte das doch auch mal ruhig miteinander ausdiskutieren können! »Ach, wirklich«, sagte da Schnuffis Mami ärgerlich, »davon habe ich all die ganzen Monate voller Bitten meinerseits nun so gar nichts bemerkt!« Und da standen sie dann: ein subdominanter Schäferhund und ein zweibeiniger Pudel, beide total begossen …

Nudel

Auf dem Heimweg heute hatte der Sergeant in seinem coolen Pulli mal wieder einen seiner grandiosen Auftritte. Ich nannte ihn den Heckenflip! Wir latschten unseren bekannten Weg an der Hundewiese herunter und plötzlich brach ich unvermittelt rechts ins Gebüsch aus. Rufe halfen gar nichts mehr, warum ich das tat, weiß keiner und ich darf hier auch leider nicht drüber sprechen! Es raschelte, knisterte, knackte, ächzte und schnaufte – zu sehen war allerdings überhaupt nichts mehr, auch weil es mittlerweile dämmerig war. Mami rief, es knisterte als Antwort. Mami rief, es raschelte als Antwort. Mami rief noch mal, schon deutlich ärgerlicher, es passierte überhaupt nichts mehr als Antwort. Mami plärrte dann stinkig, ob sie plötzlich mit Waldi, Pino oder Bounty hier unterwegs sei … oder was genau ich da gerade gäbe?! Keine Antwort. Dann ein kurzes Rascheln, dann wieder Schweigen …

Nach ein paar Minuten bekam Mami dann Angst. Um meine maroden Augen, die ja sowieso mitten im Gebüsch waren, aber auch, dass ich da etwas fressen könnte, das mir dann nicht gut bekommen würde. Die Leute schmissen hier nämlich das verrückteste Zeug in die Büsche und wir hörten immer wieder die Geschichten von kotzenden und sprühkackenden Hunden. Einmal sah Mami sogar eine Oma, die einen ganzen Topf voller Hackfleischsuppe einfach in die Büsche kippte. »Für die Krähen!«, sagte die, als wäre es das Selbstverständlichste der Welt. »Gut, dass die auf dem Acker da nichts finden!«, sagte Mami. »Und gegen die ganzen Ratten, die *Sie* damit jetzt anlocken, müssen die sich natürlich auch stärken!« Keine Reaktion, glasiger Blick. Da hingen oft schon überall Zettel: »Bitte kein Essen in die Büsche werfen, Sie locken die Ratten an!« Völlig zwecklos, wie üblich, wenn man schon glaubte, Zettel an seine Mitmenschen schreiben zu müssen. Darum machten wir Hunde das ja auch nie. Platsch! Eine aufs Hirn gezogen, damit war dann auch für die Zukunft erst mal alles Nötige gesagt! Außerdem war bei Mami latent die Angst vor Hundehassern, die möglicherweise Giftköder auslegten, was man öfter hören musste. Hier war zwar noch nie was passiert, aber *ein* Verrückter macht ja immer irgendwann den Anfang.

Also war Mami jetzt nervös, denn sie konnte da ja nicht gut *auch* noch mit in die Büsche kriechen. Erstens war es jetzt schon zu dunkel, zweitens war das Buschwerk viel zu dicht und drittens konnte sie nicht ausmachen, wo ich eigentlich gerade steckte. Oder in was genau. Auch erzieherisch dachte sie wohl, sie wollte mir durch eine Großaktion keinen Appetit auf weitere Heckenexzesse machen. Aus der Reihe: »Wie locke ich meinen Menschen zu mir ins Gebüsch?!« Also ging sie jetzt einfach weg und und rief dann das absolute Zauberwort: »Sergeaaannnttt! Ich hätte hier *ein Leckerli* zu vergeben!« Ooohhh, Sergeanten fraßen doch so leidenschaftlich gerne Leckerlis! Und geheime politische Affären hin oder her, bei Häppchen war ich leider immer so verdammt bestechlich! Typisch Diplomat eben. Es raschelte, es raschelte laut, es raschelte sehr laut … Aber nichts weiter passierte. Es ächzte, es ächzte sehr laut …

Aber nichts weiter passierte. Es folgte ein sehr entschlossenes und sehr kräftiges Rascheln mit einem sehr lauten Schnaufen. Und dann stand der Sergeant, etwas atemlos, aber glücklich grinsend wieder auf dem Weg. Leider splitternackt. Mama kreischte: »Aaahhhrrrggg! Wieso stehst du wie eine Nudel vor mir, du elender Nudist?! Wo sind deine Klamotten?! Warum hast du dich ausgezogen?! Und vor allem wo?« Keine Ahnung! Ich hörte was von Leckerlis und dann drängte auch die Zeit …

Wir mussten aber nach Hause, ich nackt, Mami fassungslos: »Wie kann man seinen Pullover *plus* Geschirr einfach unterwegs im Gebüsch verlieren?!«, fragte sie mich immer wieder. Kein Kommentar, politische Verwicklungen. Die haben mich da drin einfach ausgezogen …!

Am nächsten Morgen waren wir dann wieder vor Ort, natürlich war von außen nichts zu sehen. »Na super!«, meckerte Mami schlecht gelaunt. »Ein Pullover in Tarnfarbe und ein schwarzes Geschirr … Mal wieder toll gemacht, *Sergeant!*« Danke, danke, zu viel der Ehre. Also musste Mami jetzt *doch* ins dichte Unterholz kriechen. Da sie aber weder wusste, *wo* ich da genau reingeraten war und *wo* dann wieder raus, noch ahnte, *wie tief* ich in den Affären schlussendlich dringesteckt hatte, konnte das natürlich dauern. Und so war es auch. Mit Ästen besteckt wie ein seltsamer Igel, kam sie mit leeren Händen schließlich wieder raus. »Hinten rum!«, bellte sie mich ärgerlich an und arbeitete sich entschlossen wieder tief ins Unterholz hinein. Dann fand sie mein Zeug tatsächlich. Und da fiel es mir auch schlagartig wieder ein!

Wir sollten ja unsere Mäntel und Pistolengurte an der Garderobe abgeben! Und da hatte ich mein Zeug eben ganz unkompliziert über den Kopf ausgezogen und an den mir zugewiesenen Haken gehängt … Ja, da hing es auch noch. Es war als einziges nicht abgeholt worden. Sauber mittig am Halsausschnitt, mit dem Geschirr noch perfekt angezogen, an einem dicken, kurzen Ast aufgespießt. Ordnung muss sein, auch im Dickicht der politischen Verwicklungen …

Zoll

Ich konnte was Neues! Mami nannte es »Zollbeamter spielen«, ich nannte es den Taschenflip! Hatte ich mir höchsteigen und ganz persönlich selber beigebracht! Das kam so: Mami war einkaufen gegangen und hatte dann etwas vergessen. Also stand die volle Einkaufstüte im Flur. Tja, und dann ich, leicht gelangweilt, immer noch straff im Wachstum, dachte so bei mir: Packe ich doch schon mal aus, das muss ja sowieso gemacht werden! Gedacht, getan, ich stürzte mich, auch im übertragenen Sinne, voll rein ... Ich packte die Sachen mit den Zähnen an und warf sie über die Schulter dann schwungvoll nach hinten. Ich grub wütend mit den Pfoten nach, wenn es sich nicht sofort herauslösen ließ. Die Tasche kippte schließlich mit mir zusammen um, aber so konnte ich ja noch viel besser arbeiten! Toastbrot: nach hinten geworfen! Thunfisch: rausgescharrt und weggerollt! Käse: nach hinten geworfen! Katzenfutter: rausgescharrt und weggerollt! Und so weiter ... Und dann: Oh, là, là, was war denn *das* da Leckeres? Es war eine Käsebrezel mit Speckwürfelchen drauf! Und dann ich: hungrig, abgearbeitet und voll im Wachstum, wie es doch nur wieder passte!

Ich nahm die erbeutete Tüte, zog mich unter den Stuhl zurück (Höhle!) und begann mein grausiges Werk. Zuerst mal sollte die Beute aus der Tüte raus. Aber die wehrte sich. Ich musste sie also wirklich zuerst töten, zerlegen und zerfleddern, nicht meine Schuld. Jetzt kam die Beute dran! Welche Götterspeise netzte da meine Geschmacksknospen! So etwas Wundervolles hatte ich noch nie zuvor gekostet! Klebriger, luftig-zarter, bittersüßer Teig, umhüllt von salzigem, fettem Fleisch und salzigem, knusprigen, fettigem Käse! Ein Hochgenuss! Und eine Beute der ganz besonderen Art, wie Wölfe sie so sehr liebten: fettig und schwerst kalorienhaltig! Sie war mein, mein ganz allein und ich machte sie nieder. Mit Beute schütteln, rupfen, bröseln, mit offenem Mäulchen fressen, laut schmatzen und mit Brocken überall hinschütteln! Als Mami nichts ahnend wieder nach Hause kam, fasste sie sich erst mal ans Herz, nachdem sie die bergige Ebene der weit verstreuten Einkäufe überquert hatte. Es war ein Schlachtfeld! Die Brezel war atomisiert und breit verteilt, genau wie die widerspenstige Papiertüte. Der Flur sah aus wie eine Müllhalde und es dauerte eine ganze Weile, bis Mami dann forensisch sichergestellt hatte, was da in ihrer Abwesenheit im Flur geplatzt sein musste: ihr Mittagessen. Sie lachte trotzdem. Aber dann putzte sie erst mal! Ich lag lächelnd von oben bis unten vollgekrümelt und fett wie Kessie auf meinem Lager hingestreckt: der Krieger nach der Zerschlagung der feindlichen Invasion … rülllpppsss!

Seitdem war ich voll auf Tasche! Wann immer jemand irgendwo eine Tüte oder Tasche abstellte, eine Kiste, Schachtel oder meinetwegen auch nur einen Hackenporsche: Ich steckte sofort kopfüber drin. Dort begann ich dann, ohne weitere Umschweife, den Inhalt gründlich von links nach rechts umzurühren. Mami war das immer total peinlich, auch weil es so schnell passierte:

»E-he … Er arbeitet beim Zoll. Haben Sie irgendwelche Drogen oder Wertgegenstände auszuführen?« Die meisten fanden es lustig. Und fast alle plärrten: »Ich hab aber nichts für dich da drin!« Darum ging es doch auch gar nicht! Man wollte doch nur einfach mal wissen, was so los war in anderer Leute Taschen! Man musste nicht immerzu irgendwas essen, auch nicht als Hund! Konnte man, klar, warum auch nicht, wenn es was Gutes gab – okay. Aber musste man nicht! Es sei denn natürlich, es wäre eine Speck-Käse-Brezel, dann müsste man auf jeden Fall … Ehrensache.

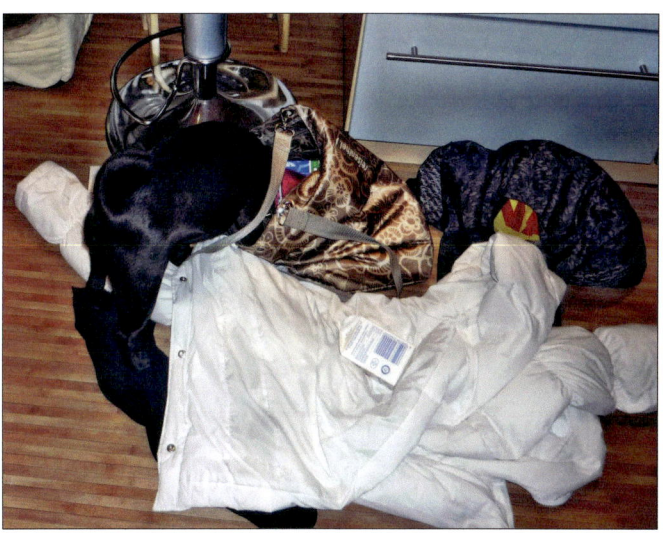

Haben Sie irgendwelche Wertsachen zu verzollen? Käsebrezeln vielleicht?!

Bienentanz und … na ja!

Immer diese Diskussionen draußen! Menschen hatten einfach keine Geduld für die wirklich wichtigen Sachen! Mami jedenfalls überhaupt nicht. Kaum suchte ich mal ein oder zwei Minütchen lang, mit der Nase wild am Boden hin und her schnüffelnd, hakenschlagend und dabei blöd mit dem Hintern Halbkreise schwenkend, eine gute Kackstelle, schon plärrte sie wieder was von irgendwelchen Bienentänzen und komplizierten Eiablagen … Es war *kein* Bienentanz! Es war wichtig! Und es war sehr geheim! Wir Palasthunde haben komplizierte soziale Verpflichtungen … Der Kodex, ihr versteht!

Spürte man, wie sich das Darmgold um die letzte Kurve schob und hatte man nicht schon vorher alles sorgfältig geplant, dann wurde es aber spätestens *jetzt* höchste Zeit, sich was zu überlegen! Dann musste man eben gründlich nachdenken und auch oft improvisieren: Brennnessel wäre ja jetzt richtig geil, denn die passte so gut zum Aroma von der Käsebrezel, aber ein Sauerampfer würde es sicher auch tun … Sauerampfer, Sauerampfer, meine Güte, wo war der Sauerampfer eigentlich immer, wenn man ihn mal dringend brauchte?! Hier stand wirklich alles: Hirtentäschel, Huflattich, Löwenzahn – oh, *der – der* ging ja mal so gar nicht! Wiesenklee, Hahnentritt, Akelei, nerv, nerv, nerv, das hatte alles nicht das richtige Aroma! Mama latschte quakend hinterher, bla, bla, bla, Bienenkönigin … Ja, ja, ja! Als wenn *ich* immer quaken würde, wenn sie hier durch *genau* diese Straße kurvte und einen Parkplatz suchte! Ich brauchte ja immerhin auch gerade einen Parkplatz! Hier: Gänseblümchen, Ackerwinde, wildes Veilchen – ach, neee! Schachtelhalm, Pampagras, wilde Erdbeere – och, nööö! Ich würde ja auch eine Schafgarbe nehmen oder eine Hundskamille, ja die sogar besonders gerne! Die roch nämlich schon von Haus aus wie eine vollgeschiffte Hundehütte! War dann aber natürlich wieder mal nichts. Und was hatten wir hier: Taubnessel, Spitzwegerich, wilde Brombeere … Hm. Oh, warte doch mal: Brombeere? Brombeere …! Ja, das könnte doch fast gehen …? Da stand auch noch etwas Farn rum, der brachte zwar für die Kopfnote nicht viel mit, aber die Butterblümchen hatten etwas Bitterkeit für den gelungenen Abgang. Und Scheiße sieht im Farn gleich viel eleganter aus. Dann setzte ich die ganze Sache eben hier neben die Birke, vor die Brombeere, in die Butterblumen, beim Farn. Ach, wie interessant! *Die* gute Idee hatte also schon jemand vor mir gehabt, das war jetzt ärgerlich! Ich musste doch noch ein Stück weitergehen … Mami nölte und sah schon meine Rosette pulsieren. Mir doch egal! Ach, was haben wir denn hier: Aroma war da, sogar noch etwas abgeregnete Katzenpisse und angematschter Champignon. Das passte doch super anstatt des Sauerampfers! Also hier jetzt dann mal flink einparken! Dreibeinig, versteht sich. Auch angehockt über einem Büschel mitten in der Wiese: immer dreibeinig! Das ist so Gesetz. Dann gründlich mit den Hinterpfoten unterschreiben, sehr weiträumig, das ist so auch Gesetz. Dabei möglicherweise dann flockig das … Produkt … gegen irgendwas schleudern: Stromkästen, frisch geputzte Radkappen, Fahrräder oder auch Menschen. Was halt grad da ist.

Neulich hatte ich mir dann allerdings eine echte Schote in dieser Disziplin erlaubt. Sara hatte ja immer gemeckert, dass Molli sich schon wieder in Menschenkacke herumgewälzt hätte und das dann wohl für so eine Art Tarnanstrich hielt. Logisch: Auf Golfplätzen lauerten die Feinde der Möpse in Dreierreihen, da war es schon günstig sich etwas zu tarnen. Mami hatte dazu nur selbstsicher und mit leicht schadenfrohem Grinsen gesagt: »Calimero hat sich noch niemals mit so was abgegeben!« Sara meinte dazu sarkastisch: »Na jaa, muss ja nun auch niecht *jedä* Scheißä mietmachän …« Wie wahr.

Tja, dann war da dieser Nachmittag im Herbst. Auf dem Acker an der Hundewiese arbeiteten Erntehelfer und irgendwo am hintersten Rand des riesigen Ackers stand ein Dixi-Klo-Häuschen. Obwohl es auf allen Seiten nachdrücklich damit warb, hier das einzige Original am Platze zu sein, verlockte das aber nicht zu einem Besuch. Die Helfer hatten wohl keine Lust gehabt mit einer Rolle flatternden Kackbands unter dem Arm über den ganzen Acker zu laufen. Während alle anderen dann deutlich sehen konnten, dass Wladimir schon wieder kacken musste. Somit waren einige dann kurzerhand ins Gebüsch gestiegen. Wir hörten die Tage immer wieder Geschichten von schwerst parfümierten Hunden und Geschichten von Hunden, die sich nur noch übergaben, weil sie davon gefressen hatten. Mami lächelte nur fein: »So was kennen wir nicht!« Calimero dachte: »Noch nicht …«, und begann das prompt zu ändern. Ich brach mal wieder ins Gebüsch aus und kam, wie gehabt, ewig nicht wieder. Als ich es dann doch endlich tat, wünschte

Mami sofort, ich wäre besser dringeblieben, am liebsten für immer! Menschenkacke. Von oben bis unten: Der Pullover, das Geschirr, das Fell, alles war voll. Mama hielt sich links würgend die Nase zu und versuchte rechts mit feuchten, abgemähten Grasbüscheln das Schrecklichste von mir zu entfernen. Mit dem Effekt, dass das feuchte Gras dann an der Kacke hängen blieb, den Geruch konservierte und mich zu einer Art verwesend stinkendem Igel vom Müll machte.

Wir gingen trotzdem weiter. Und schon fing ich an zu speien. Mama war mitleidlos: »Wer Kacke fressen kann, der kann auch Gassi gehen!«, und trieb mich rigoros weiter. Es hatte sich nach vier bis fünf Abstechern ins Gebüsch dann wieder ausgespien. Aber zu Hause war ich so dermaßen schlapp, dass es nicht mal mehr für einen Wannenflip mit etwas Breakdance reichte. Ich ließ mich vollkommen widerstandslos erst mit Pullover, Geschirr, Grasbesatz und dann noch mal nackt abschäumen. Uff, war mir übel. Mami gab mir eine Handvoll trockener Brotwürfel aus der Notdose und etwas Homöopathie. Dann ging es mir bald deutlich besser. »Das bleibt dann unter uns!«, sagte Mami bedeutungsschwer beim Anreichen der Brotwürfel. »Kannst dich drauf verlassen!«, knusperte ich schwach, aber entschlossen zurück …

Bescheuerte Frauen

Ein neuer Tag, ein neuer blöder Hund: Tacko. Manchmal kamen sie echt in Serie! Tacko war ein riesiger dunkelbrauner Labrador, der etwas fett wirkte. Sein schwules kleines Herrchen erzählte dann immer mit viel Tütü, das sei die amerikanische Showlinie (ach, die schon wieder) und der sei nicht fett, sondern der sei *genau richtig*. Das sage der Tierarzt übrigens auch immer (*den* Tierarzt kannten wir ja schon von Kessie). Tacko war nicht der schlechteste Kerl, aber extrem penetrant. Immer wieder versuchte er mich zu besteigen, was bei einem solchen Knopf wie mir, der sich bei Tacko höchstens mal im Sommerregen kurz unterstellen würde, natürlich ein Witz war. Mami ließ das eine kleine Weile geschehen, damit dann alles für die Zukunft gesagt war, aber es hörte nicht mehr auf. Also versuchte sie die knapp 50 Kilo schlanke Showlinie energisch immer wieder von mir wegzuschieben: völlig erfolglos! Es war, als sei ich aus feinstem Kaugummi und als sei Tacko voll mit allen Pfoten in mich reingetreten. Drüberstellen, in die Pfotenquetsche nehmen, Luftgitarre spielen! Ich war schon total erschöpft und hatte außerdem keine Lust mehr, mich ständig dominieren zu lassen. Es *war* ja schon alles gesagt! Und davon abgesehen hätte man es auch gar nicht erst sagen müssen, siehe Pumba, Rocki und Co. Denn es war für jeden vernünftigen Hund absolut eindeutig, wer hier der Stärkere war! Ich versuchte mich dann zwischen Mamis Beine zu verkrümeln, aber er pulte mich von hinten immer wieder raus und spielte noch ein kleines Gitarrensolo auf mir …

Das Herrchen grinste debil und gackerte: »Die geile Sau immer, das hat er bestimmt von mir!« Mami begann jetzt sauer zu werden, weil dieser Wiesenaufenthalt schon wieder stresste und ich gar nicht zum Spielen mit den anderen kam. »Nehmen Sie ihn endlich weg! Sie *sehen* doch, dass er und ich schon gestresst von Ihrem Hund sind!« Herrchen zuckte uninteressiert und schwuppig die Schulter: »Das machen die dann schon unter sich aus! Da mische ich mich ja generell nie ein!« Mami sagte: »Einverstanden! Dann googeln Sie in der Zwischenzeit schon mal den Kieferchirurgen für Ihren Hund! Er wird ihn nämlich brauchen, wenn ich ihn hier weggetreten habe … Es reicht jetzt!« Das uninteressierte Tütü guckte geschockt und rang sichtbar mit sich. Mami sagte: »Lassen Sie sich nur Zeit, ich zähle derweil bis drei! Eeeiiinnnsss …« Da handelte er doch noch, widerwillig und bitterböse. Aggressiv schnappte er sich endlich den sich wild windenden Köter und schleppte ihn mühsam am Halsband fort: »Komm, Tacko, geh weg da von den Blöden! Das ist eine total bescheuerte Frau, aber echt …!« Mami lachte und rief in ihrer Winnitouch-Manier: »*Sie* muss es ja wissen! Da spricht ja *genau die Richtige!*« Das wütende Männchen blieb stehen, und man konnte förmlich sehen, wie es ihm die Nackenhaut in empörten Wellen zusammenzog. Mami setzte noch nach: »*Noch* so eine bescheuerte Frau hier auf der Wiese, *isses* zu fassen, näch …!« Da drehte sich Tackos Herrchen (oder Frauchen?!) langsam um und in seinem Gesicht kämpften die verschiedensten Emotionen: Wut, Überraschung, Lachen, Schock. Das Lachen siegte schließlich widerwillig. Mami sagte versöhnlich: »Na, kommen Sie schon her … Zwei bescheuerte Frauen haben sich doch bestimmt was zu erzählen! Aber bitte lassen Sie meine fetten sieben Kilo nicht gegen Ihre schlanken 50 antreten!« Er schluckte etwas, nickte dann und sagte schließlich ganz ruhig: »Iss gut, ich pass auf …« Und das machte er auch wirklich. Seitdem freuten wir uns, wenn wir uns mal trafen, denn jeder durfte sich weiterhin zusammen wohlfühlen. Tacko hatte mittlerweile außerdem einen wunderbaren Reifeschub hingelegt, war am Luftgitarrespielen dann plötzlich von einem auf den anderen Tag überhaupt nicht mehr interessiert und hatte zwölf Kilo abgenommen …

Psalmodieren

Mami nannte es leicht genervt »Psalmodieren«, ich hingegen nannte es schlicht und ergreifend den Pissfleckflip …! Der ging immer gleich, ich *musste* es tun, der Kodex schrieb es auch so vor. Ich habe es mir *garantiert* nicht einfach nur wieder ausgedacht, um mich wichtig zu machen, wie Mami immer glaubte! Der Pissfleckflip brauchte nun mal seine Zeit! Zwei bis vier Minuten musste man da schon jeweils einplanen, wenn man die Sache sauber bearbeiten wollte. Ich meine: so, dass dann hinterher auch keine Beschwerden kamen!

Schritt 1: Schnüffeln. Ich las die Zeitung am Baumstamm. Wer hatte hier heute schon? Wie war er drauf gewesen? Mädchen? Junge? Schon geschlechtsreif? Kastriert? Was hatte er zum Frühstück gehabt? Gab es schon Mittag heute? Wie war der Druck beim Absetzen der Marke? War die Trinkmenge ausreichend, sprich: Wie lag die Bandbreite zwischen Aufkonzentration und Verdünnung? Was hatte mir das alles zu mitzuteilen? Und was könnte *ich* nun noch dazu sagen?! *Wollte* ich denn überhaupt was dazu ablassen? Das waren ja nun alles sehr schwerwiegende Informationen, die sorgfältig gegeneinander abgewogen werden mussten! Und das dauerte dann eben seine Zeit … Mami laberte hinter mir irgendwelchen Bullshit zusammen: »Große Schubkarre zu verkaufen, rote Griffe, leichter Flugrost, Reifen platt, Preis VB, an Selbstabholer, Standort Miesbach …« Weiß nicht, was das immer soll?! – Oh, Pauli hatte heute wieder mal Thunfisch zum Mittag gehabt und er fand es gut! Mama dazu: »Mollige Endvierzigerin sucht standfesten Galan, spätere Heirat nicht ausgeschlossen …« Hä? – Oh! Hier hatte einer gerade Ärger mit einer Miezekatze gehabt! Mischling, mittelalt, nicht kastriert … Den kannte ich gar nicht, schien aber cool zu sein. Kam aus der Dosenfutterfraktion, Rindfleisch und Kartoffel. Dazu Mama: »Und das Wetter in Garmisch von vorvorgestern: Wolkig mit Feldern von Sonne, tagsüber um acht Grad bei auffrischendem Wind aus Südwest, im Voralpenland noch Nachtfröste …« Bitte?! – Oh, darunter hatte ja Timmy noch was hingekrickelt, der hatte aber auch immer eine Schrift! Es ging irgendwie um Lebertran, er fand es doof und hätte stattdessen lieber Thunfisch gehabt! Mama: »Vermischtes: Am Mittwoch in Berg am Laim verloren: Mops. Klein, schwarz, vollgefressen, angefusselt, ungezogen. Hört auf den Namen Badman …« Was redete die da? – Oh, oh, oh … Hier war noch was von Caipi! Sie hatte Verstopfung nach Lachs, das war ihr bei Thunfisch noch nie passiert! Mami sagte jetzt deutlich genervt: »Lies einfach nur die Leitartikel, ja! Du musst die Telefonnummern der Kleinanzeigen nicht auch noch auswendig lernen!« *Machte* ich doch gar nicht?! – Also, wenn Pauli Thunfisch gehabt hatte, konnte ich ja jetzt durchaus schreiben, dass ich *auch* welchen gehabt hatte! Und dass *ich* ihn auch gut fand! Und das Trixi gestern *auch* Thunfisch gehabt hatte! Aber keine Verstopfung! Und dass ich jetzt noch kacken musste! Dass es zwar schon kniff, aber noch nicht um die letzte Kurve rum war! Eiablage daher vermutlich wieder der Stromkasten an der Ecke! Das war eine Menge an wichtigen Informationen, und das musste jetzt gut platziert werden, damit es sich nicht mit dem Lebertran, der Miezekatze und dem ganzen anderen Thunfisch da vermischte …

Schritt 2: Marke absetzen. Dazu: Tänzeln. Lange. Ewig einparken, probeweise mal das Beinchen heben, aber immer wieder abbrechen. Erneuter Nasencheck am Baum, Stelle noch mal merken, einscheren … einparken … ausscheren … einscheren … einparken … nachjustieren! Linke Pfote lässig auf Schulterhöhe gegen den Stamm klatschen, linkes Hinterbeinchen so hoch stemmen, wie es nur irgend ging. Es musste über der Schwanzwurzel unbedingt diese kleine süße Speckfalte entstehen! Und dann: Wasser marsch! Und Wasser marsch … und Wasser marsch … und … tja … schmatz, schmatz, schmatz … Mama war schon wieder fassungslos: »Meine Güte, wo kommt das alles her? Wann hast du das rein? Und warum bist du nicht unterwegs geplatzt?!« Egal. Ich stand da mit hoch auf den Rücken geschnallter Hinterhaxe, die Augen halb geschlossen, leicht schmatzend, während ich die ganz großen Wasser hier spielen ließ! Gute Performance. Wenn es wirklich *ganz* wichtig war, musste ich den Vorderpfotenstand machen oder eben dann nur noch auf der rechten Vorderpfote rumbalancieren. Dann hieß es natürlich: entweder abkippen und seitlich voll blöd umfallen oder bei Balanceverlust zügig nach hinten absetzen. Eventuell zur Vermeidung von Gesichtsverlust dann noch entspannt etwas in der Wiese weiterstrullen. Es musste einfach immer dringend so aussehen wie: »*Genauso* war das geplant! *Genauso* sollte das jetzt aussehen!«

Schritt 3: Unterschreiben. Dringend dran denken: Der Nasencheck! Wie ist es geworden? War alles leserlich? Konnte man es auch beim flüchtigen Drüberschnüffeln verstehen? Hatte es sich vermischt? Verlief es richtig? War es genug? Wie war die Aufkonzentration? Hätte ich stärker pressen müssen …? Das war die Pflicht, es folgte die Kür: Die Unterschrift! Wenn alles gut geworden war, bedeutete es ein hartes Stück Arbeit und das sollte man dann allen Lesern auch so mitteilen! Dazu wurde mit allen Pfoten kräftig abwechselnd nach hinten in den Boden ausgetreten. Wichtig: Es flogen generell hinter dir hörbar die fetten Brocken an die frisch geputzten Felgen des Autos oder Fahrrades hinter dir! Danach: Komplett und gründlich durchschütteln. *Jetzt* konnten wir dann mal weitergehen … Mama aufwecken und dann fix weiter zum Stromkasten! Mama sagte meistens unterwegs Sachen wie: »Das ist so eine Art Chat, stimmts? Ihr schreibt euch gegenseitig Pi-Mails auf Nosebook …« Konnte durchaus sein, doch der Kodex schwieg sich aus!

Auf den Trichter gekommen

Tag X.

Ich merkte es schon daran, dass ich ohne jedes Frühstück nach dem Gassi sofort ins Auto gestopft wurde.
Und wo kamen wir raus?! Beim Tierarzt, schon wieder …! Mir schwante Übles, denn wir waren schon vor
drei Tagen hier gewesen, wo ein sorgfältiges Narkose-
Check-in stattgefunden hatte: großes Blutbild, Kreis-
lauftest, Atemwege, Polypen, Nasenverengungen, Gau-
mensegel und allgemeine Krankengeschichte … Kein
Befund, es konnte also losgehen. Mama hatte schon eine
kleine Odyssee hinter sich, von lauter Ärzten, die be-
haupteten absolute Kurznasenspezialisten zu sein und
die dennoch allesamt ohne Tubus narkotisierten. Der
läge dann halt daneben, falls es zum Äußersten käme.
Nach deren Meinung käme es eben gerade erst *durch*
den Tubus zum Kollabieren der Atemwege und dann
zum Tode! Mami war entschlossen sich an jemanden
zu halten, der seit fast 20 Jahren Möpse züchtete. Und
wenn Züchtermami sagte: »*Nur* im Tubus narkotisieren!«, dann würde das auch genauso stattfinden. Das
Ärzteteam stand geschlossen hinter Mami und sagte:
»Wir legen sogar bei jungen Zwergkaninchen den Tubus!
Das ist für uns einfach lege artis!« Mami nahm mich
auf den Arm und mir wurde etwas Fellchen vom Arm
rasiert. Dann gab es einen kleinen Piks und eine Kanüle
war in mir drin, eine Spitze kam an, ich guckte noch
interessiert, dann ging das Licht aus und ich sackte in
Mamis Armen zusammen wie aus nassem Papier. »Das

war es schon!«, lachte die Dottorina. »Wir haben ihm etwas Valium zur Beruhigung und Narkosevorbereitung gegeben. Er reagiert ganz wunderbar!« Sie nahm mich schlafenden Wurm und transportierte mich ab. Jetzt musste das passieren, was besprochen war: Kastration, Korrektur der unteren Augenlider nach außen, Kürzung des Gaumensegels, das bei Möpsen von Haus aus ja immer zu lang ist. Drei bis vier Stunden würde ich schlummern, dann könnte sie mich wieder abholen und gesund pflegen …

Nach viereinhalb Stunden und zwei Telefonaten, dass alles gut liefe, war alles vorüber. »Es war ein Spaziergang …«, scherzte die Dottorina und überreichte höchst zufrieden mich benusseltes Ding in einem leeren Futtereimer sitzend. Ich trug einen großen Plastiktrichter, damit ich nicht an irgendwelchen Pflastern zupfte oder mir schon mal ein paar Fäden zog. Ich wackelte doof mit dem Kopf bei jedem Schritt, den Mami machte, aber es ging mir gut, ich war eben nur sehr müde. Nach ein paar Stunden fraß ich aber sogar schon wieder und es blieb alles drin. Ich war sauer, denn ich kam nicht richtig bis zum Napf runter wegen des blöden Trichters! »Das war noch unserer kleinster!«, hatten die Schwestern in komischer Verzweiflung gesagt. Mami nahm eine Schere und kürzte das Teil auf Kurznasenlänge, das war dann besser. Somit war ich kopfüber auf den Napf gestülpt, was meine üblichen Fressgeräusche leicht unerträglich machte, so verstärkt. Mami war innerhalb von drei Tagen ganzheitlich schwerst genervt von meinem neuen Grammophon. Zuerst fand sie es noch lustig und sang

zur Melodie von »Rei in der Tube«: »Hund in der Doo-
ooseee!« Nach drei Tagen hatte es sich dann ausgeträllert
und ihr gingen langsam die Pflaster aus. Tja, *ich* hatte
ja nicht drum gebeten, operiert und eingedost zu werden! Dann musste *sie* eben auch ihren Teil des Leides
davontragen. Trotz Trichters schurrte ich nämlich kon-
sequent weiterhin mit der Nase dicht über dem Parkett.
Ich gedachte überhaupt nicht meinen Kopf vielleicht
nur deshalb mal höher zu heben, weil der Trichter die
ganze Zeit über lautstark auf dem Parkett kratzte. Und
damit dann auch an jedem Versatz hängen blieb. Ich
nahm auch die Türzargen weiterhin genauso eng wie
vorher und man hörte mich nur überall kratzend und
knirschend touchieren. Ich gedachte auch nicht die per-
manenten Nasenstüber an Mamis nackte Sommerbeine
mal zu unterlassen, nur weil die scharfen Kanten des
abgeschnittenen Plastiks in ihre Haut einschnitten. *Ich*
hatte ja schließlich nicht drum gebeten, einen Trichter
zu tragen, also …

Am vierten Tag kam Mami nach Hause und ich latschte
ihr entgegen, während ich den Trichter ganz beiläufig
hinter dem Kopf trug. Nur das doofe Tüttelband hatte
ich noch um den Hals geschlungen. »Wie sinnvoll, diese
Geißel …«, grollte Mami und zog mich genervt wieder
an. Nur um mich kurz darauf erneut mit dem Trichter
am Rücken pendelnd anzutreffen. Aber es stellte sich
heraus, dass das große Pflaster an meinem Bauch extrem haltbar war und ich auch nicht herumpulte. Als
es abfiel, erst als es auch noch mehrfach nass geworden
war, fanden wir die Wunde schon vollkommen verheilt

und es kam schon neues Fellchen nach! Auch an den langen schwarzen Fäden an meinen Augenlidern pulte ich nicht herum. »Kein Faden- und kein Pflasterflip!«, seufzte Mami erleichtert. »Wer hätte gedacht, dass er *so* eine Vorlage wie ein Streber behandelt?! Nach einer Woche kamen dann die Fäden heraus und die Ärzte lachten sich schief über meine Grammophon-Arien. Sie waren sehr begeistert über meine tolle Heilung und ich wurde mit vielen Flaschen Augentröpfchen als gesund entlassen …

Ich *hasste* das mit den Augentropfen! Und natürlich hatte das eine ganze Menge angetäuschter Augentropfenflips zur Folge gehabt! Mami ließ da aber überhaupt nicht mit sich diskutieren! Sie klemmte mich zwischen die Beine, setzte sich auf mich drauf und hielt mein Köpfchen eisern fest. Dann zwang sie meine Augen auf, die ich natürlich bockig zuzukneifen versuchte. Sie redete dabei die ganze Zeit von »Tröpfchen!« und tat total begeistert. Ich fand das wahnsinnig doof, aber ich checkte auch sehr schnell, dass ich *keine Chance* hatte und dass, umso länger ich da bockig herumzappelte, es nur umso länger dauerte …! Es war wie mit der Zeckenentfernung: keine Chance für den Zeckenflip! Somit fand ich das Kommando »Tröpfchen!« natürlich zuerst einfach doof, dann aber auch schnell einfach lecker. »Tröpfchen!« hieß nämlich auch: Danach gab es Spezialleckerlis! Die fette Perser checkte das sofort und stand, wie die dicke Schwester Berta, sofort gespannt dicht neben mir und überwachte die ganze Aktion. Insbesondere überwachte sie die anschließende großzügige Ausgabe der Leckerlis …

Heutzutage ist es so, dass ich beim Kommando »Calimero, Tröpfchen!« schon angerast komme und mich unaufgefordert vor Mami hinsetze. Ich lege mein Köpfchen seitlich in ihre Hand und halte das rechte Auge offen. Dann lege ich das Köpfchen in die andere Richtung und halte das linke Auge offen. Alles kein Problem und es würde mir ja, schon allein wegen der trockenen Augen, lebenslang so erhalten bleiben … Darum nutzte Mami immer die Gunst der Stunde, putzte mir die Augen aus, putzte die Nasenfalte aus und schmierte mir dann noch Salbe auf die auch eher zu trockene Nase. Wenn man da nichts machte, bekamen wir hässliche dicke graubraune Borken, sogenannte Futterkrusten. Diese konnte man dann nur noch lösen, indem man minutenlang warme nasse Tücher auf die verkrustete Nase drückte, etwas, das wir alle zutiefst hassten! Einmal Nasensalbe am Tag reichte zumeist völlig und im Winter fand ich es sehr angenehm!

Alles weg, irgendwie!

Heute, so Mami, sei wieder mal einer dieser Tage … Alles fing schon mit Sprühkacke an und das sei, so Mami, kein besonders gutes Omen. Sie kam verschwiemelt ins Wohnzimmer getappt, bemerkte zuerst die dicke Luft und dann die Ursache derselben: braun, dreifach angelegt, stinkend, fladenförmig ausgelaufen, halb angetrocknet. »Wohl bekomms!«, ächzte Mami und fing dann erst mal wieder an zu putzen und zu sprühen. Die Ursache dieses morgendlichen Halloweens war ihr ziemlich schnell klar. Sie probierte es immer wieder aus, weil sie es so schön zu füttern fand und weil es mir solche Freude bereitete, es zu fressen: getrockneter Ochsenschwanz oder Rinderschlund. Es machte ihr einfach Spaß, mir das festzuhalten und dabei zuzusehen, wie ich meine Knabberaufgabe löste. Das war schließlich die reinste Beziehungspflege für Hunde! Aber dann, zwölf Stunden später, kam wirklich jedes Mal prompt die Quittung: Sprühkacke! Wir hatten es jetzt schon viermal ausprobiert und es konnte keinen Zweifel mehr geben, dass mich irgendwas daran regelrecht vergiftete. Mami hatte schon im Laden nachgefragt, was das sein könnte, und es kam die übliche, immer gleiche Antwort an solchen Stellen: »Kann ich mir nicht erklären! Habe ich so noch *nie* gehört! Ist garantiert vorher noch *nie* vorgekommen! Das ist alles luftgetrocknet und ohne jede Zusätze!« Aber irgendwas musste es ja nun trotzdem sein. Mami beschloss, dass wirklich alles luft- und sogar sonnengetrocknet sei. Vermutlich auf einer keimigen Plastikplane, mitten im bolivianischen Dschungel. Die benutzten garantiert keine Gerb- und Konservierungsmittel, auch weil die da gar kein Geld für solch dekadenten Schnickes hatten! Dafür besprühten sie das Zeug aber bestimmt mit einem seit Jahrhunderten überlieferten, selbst gebrauten Insektenschutzmittel. Bestehend aus: Kuhpisse, zerquetschten Kakerlaken und filtriertem Klärschlamm … Damit die ganzen Fleischkäfer und Kannibalenspinnen sich nicht auf das Zeug stürzten! War ja dann alles Natur, sogar bio! »Irgend so was *muss* es einfach sein!«, sagte Mami und trug die restlichen Stücke von meinem Fleisch-Knuspi endlich resigniert zum Müll runter.

Nachdem die Züchterin sich den Kajal an der Story mal wieder gründlich ruiniert hatte, konnte sie wieder etwas sehr Spannendes beitragen. Unsere Erfahrungen waren nämlich weder selten noch überraschend. Es konnten tatsächlich irgendwelche Insektizide sein, die meine Darmzotten da immer so reizten. Und was noch viel eminenter war: Ausländische Produzenten von Trockenfleisch arbeiteten mit höherer Temperatur, aber kürzerer Trocknungszeit. Damit wurde leider nicht alles erledigt, was sich illegalerweise in einem Leichenteil aufhalten konnte! Sie riet zu ausschließlich deutschen Produzenten, damit hatte sie auch nur gute Erfahrung gemacht.

Dann ging es lustig weiter. Als wir endlich raus zum Gassi wollten, kam dann aber komischerweise die dicke Perser nicht, um sich ihr Abschiedsleckerli zu holen. Das war sonderbar, denn wenn *diese* Katze an der Verschwinderitis litt, steckte sie zumeist in irgendwelchen Schwierigkeiten! Aber Mami konnte sie dann nicht ausmachen und hoffte nur, sie würde irgendwo rumliegen und einfach mal den Einsatz verpennt haben. Doch als wir zurückkamen, stand sie nicht laut und ungeduldig maunzend in der Eingangstür wie sonst immer. »Einfach weg!«, sagte Mami ärgerlich. »Eine Katze *kann* aber nicht aus einer verschlossenen Wohnung verschwinden!« Dann durchsuchte sie jeden Winkel genau, aber die Katze war wirklich nicht da. Doof von Mami, denn ich latschte ja arbeitslos hinter ihr her. Ich wollte ihr den Spaß aber nicht verderben und verraten, wo der Dicke gerade steckte. Natürlich wusste *ich* es schon ganz bald und sie hätte ja nur sagen müssen: »Seerrggeeaanntt! Suchen Sie die dicke, fette Miezekatze!« Aber unmandatiert machte ich mal gar nichts hier und ich wollte dem Dicken nicht in die Parade fahren, denn er verriet mich ja auch nie! Mami war langsam nervös: »Es sei denn, der Dicke ist nach fast elf Jahren plötzlich *doch noch* spontan vom Balkon gesprungen und ausgezogen …«, lamentierte sie nervös. Es scharrte nirgendwo, niemand maunzte, es war richtig gruselig still. Als Mami dann schon genervt mit der Brekkie-Schachtel im Treppenhaus stand, um die Gebüsche vier Stockwerke tiefer abzusuchen, fiel ihr plötzlich noch etwas ein. Sie hatte ja ganz kurz den Kleiderschrank aufgemacht vorhin … Und *da* kam die Katze dann, wie ein Sektkorken aus der geschüttelten Flasche, sofort schreiend herausgeschossen. »Arsch!«, sagte Mami da sauer zu ihr.

Als wir von der Abendrunde nach Hause kamen, bekam ich von der ganzen frischen Luft sofort den Flip und begann mich aufzuführen. Ich fing an erbittert um das Cape, um das Geschirr, ja sogar um den Blinki zu kämpfen! Das war so ein kleines rundes Leuchtbullauge mit einem Clip dran, vielleicht fünf Zentimeter im Durchmesser. Ich schnappte mir Blinki und stürmte davon. Mami jagte mich und wir kämpften erbittert darum, doch ich floh erneut. Unterwegs in der Steilkurve verlor ich Blinki dann, Mami hörte es noch gegen die Tischbeine knallen. Dann später, als ich der Katze noch eine Abreibung verpasst, selber eine zurückbekommen hatte und alle atemlos, aber glücklich waren, suchte Mami all die von mir verstreuten Trümmer zusammen. Alles fand sich wieder an, nur nicht Blinki ... Mami wurde immer nervöser, denn sie hatte mich mit dem Ding im Mund ja wie angestochen davonwetzen sehen. Und sie hatte es auch gegen das Gestänge des Tisches knallen hören, aber nun war es weg. Es war wirklich nirgendwo zu finden! Wie damals der Balli am Band, der nach einem fehlgeleiteten Wurf in den Flur einfach tagelang verschwunden blieb. So lange, bis ein Gast ihn dann lachend außen am Griff der Badezimmertür vorfand. Es blieb bis heute ein Rätsel, wie Balli die 90-Grad-Kurve genommen und sich dabei auch noch sauber an der Tür aufgehängt hatte! Es gab zwar Hoffnung, aber dennoch war Blinki weg! Und Mami fragte sich, weil ich ja so geflippt war, ob ich so einen riesigen Brocken vielleicht aus Versehen hatte verschlucken können? Welche Stückgröße ich im Notfall so schaffte, wusste sie nicht genau. Sie wusste nur, dass ich das Schluckverhalten einer ausgewachsenen Eierschlange hatte ... Freunde beruhigten sie, das hätte ich gewiss nicht getan und auch gar nicht geschafft. Mami schwieg sich darüber aus, was sie dachte, was ich alles tun würde ...

Und sie dachte dabei auch an Kumpel Chubby, der mal einen riesigen Flummi aus der Luft gefangen und dann, „flump!", aus Versehen runtergeschluckt hatte! Es dauerte eine Woche und mehrere Pfund Sauerkraut, bis der Flummi als Steißgeburt dann plötzlich wieder aufgetaucht war. Völlig unbeschädigt und noch immer glänzend, wie seine Besitzer staunend berichteten. »Na, hoffentlich kriegen *wir* hier keine Steißgeburt, ich denke nur an den üblen Metallclip!«, sagte Mami sorgenvoll. Aber wir konnten jetzt nur noch warten, denn ich zeigte keinerlei Auffälligkeiten. Und ich begann auch nicht nachts im Unterbauch bei Lagewechsel zu leuchten. Erst drei Tage später fand sich Blinki dann an dem einzigen Ort, wo sie wirklich nicht nachgesehen hatte. Einfach weil es zu unwahrscheinlich gewesen war: unter der tief stehenden Platte des Couchtisches im hohen Teppich. Physikalisch wieder mal ein Wunder, Calimero sei Dank.

Ich habe keine Ahnung, wovon Sie reden, Lady …!

Gute Unterhaltungen

Manche Menschen waren schon auch etwas sonderbar, das fand sogar ich, der gegen alle Arten sonderbaren Benehmens von Haus aus sehr tolerant war. Da war neulich einer, der raste mit seinem Fahrrad auf dem Weg im Park entlang und traf auf mich, der von dem Tempo etwas erschreckt, leicht erstarrt in der Mitte vom Weg stand. Er musste also dann einen kleinen Schlenker um mich herumfahren und schrie wütend Mami an: »Nimm deinen Scheißköter da vom Weg, das nächste Mal fahr ich nämlich voll drüber!« So was konnte Mutti ja nun überhaupt nicht ab und rief freundlich hinterher: »Ich freu mich schon auf die Anzeige! Weil du nicht Schritt gefahren bist und dich nicht umsichtig verhältst, wie vorgeschrieben!« Er drehte sich hassig um und zeigte ihr den Fuckfinger. Mami hob blitzschnell beide Hände und machte von unten nach oben mit den Mittelfingern schnelle Aufwärtsbewegungen, ungefähr wie eine umgefallene Nähmaschine. Er schwankte auf dem Rad und konnte es nicht recht fassen. Mami brüllte: »Na, los – sag es doch noch mal!« Da ließ er sich nicht bitten und zeigte ihr wieder schwankend und herumeiernd den Fuckfinger. Und Mami zeigte ihm wieder ihre Nähmaschine. Da fuhr er fast in den nächsten Busch rein und musste sich schnell nach vorne umdrehen. »Der Stich ging auch an mich!«, brüllte Mami. »Drei zu null!« Doch er fuhr wortlos weiter. Wahrscheinlich hatte sie ihn mit ihren Argumenten in die Enge getrieben. »Das war eine wirklich gute Unterhaltung!«, sagte Mami zu mir. »Es wurde alles gesagt und wir waren eigentlich ja sogar vollkommen einer Meinung …« Stimmt. Das fanden wir Hunde auf der Wiese ja auch: bell, keif, knurr, fletsch! Alles wurde gesagt, alle fanden sich gegenseitig total scheiße, aber alles ging meistens in tiefster Einigkeit wieder auseinander, keine große Sache …

Dann trafen wir auf Louis, den süßen weißen Havaneser. Es stellte sich beim Klönen heraus: Louis fraß nicht ohne seine geliebte klein gehackte Petersilie oben auf dem Futter drauf. Aber nur die krause, die glatte lehnte er kategorisch ab. Ausnahmen machte er leider niemals: kraus oder gar nichts! Überhaupt war Louis eine Zierde seiner Rasse. Rosa gebratene Entenbrust ging immer, Roastbeef auch zumeist. Alles andere konnte jeweils nur mit Petersilie angereicht werden. Sogar solche Delikatessen wie gebrühtes, lauwarmes Kalbshack gingen nur mit krauser Petersilie, großzügig aufgebracht. Oder möglicherweise mit gedämpften, fein gestampften Pastinaken. Louis liebte einfach sein Pastinakenpüree! »Wie lästig, wenn in einem europäischen Kleinhaushalt dann mal überraschend die Pastinaken ausgegangen sind!«, sagte Mami und tat, als würde sie dabei affektiert Tee trinken. »Soll ja alles schon mal vorgekommen sein …« »Ein einziges Drama!«, stöhnte Louis' Angestellte mit gespieltem Schrecken. »Das Zeug kriegst du ja dann auch nicht gerade immer beim Tengelmann!« Sie schwiegen, Mami trank weiter affektiert ihren unsichtbaren Tee: »Und wenn *dann* auch noch das Infusionsbesteck verliehen ist …«, sie lachten sich schief und Louis' Leibköchin sagte lebhaft: »Obwohl es mittlerweile schon besser wird!

Seit die Kinder in Deutschland wieder Paul und die Dackel wieder Lumpi heißen, hat man auch beim Edeka
oft zur Pastinake zurückgefunden …« Mami setzte die
unsichtbare Teetasse jetzt geziert ab: »Was *ist* so eine Pastinake denn überhaupt für ein unsägliches Gewächs …?«
Louis' Delikatesseningenieurin sagte seufzend: »Es ist
eine Wurzel, die der Petersilienwurzel gar nicht mal so
unähnlich ist …« »Ach, wie passend …«, sagte Mami.
»In seinem Irrsinn ist er dann aber wirklich sehr kon-
sequent!« »Sie sagen es!«, lachte Louis' Angestellte. »In
Mitteleuropa und der Türkei werden viele Pastinaken
gegessen, als Stärkebeilage. Sie sind aber auch typische
Schon-, Diät- und Babykost, eigentlich sehr gesund!« »Er
weiß eben, was gut ist!«, sagte Mami und deutete auf
den süßen kleinen Pastinakenfresser. »Absolut! Na ja,
seine Rasse kommt ja aus dem Mittelmeerraum … Vielleicht ist die Pastinake da genetisch verankert …?« Beide
Mamis guckten jetzt zu uns runter. Mami sagte: »*Meiner* wäre eine fette Fressmaschine, wenn man ihn nur
ließe … Leibgericht: Von allem reichlich, dazu Käse!«
Bedauernd schaute Louis' Kammerdienerin auf ihren
kleinen Flokati herab und sagte lachend: »Wir sind bereits das Gespött der ganzen Nachbarn! Denn wir haben
schon seit Jahren keine Geranien mit Weihrauch mehr
im Balkonkasten, sondern nur noch krause Petersilie …«
Mami lachte sich schief und Louis' Vorkosterin sagte
leicht verzweifelt: »Ja, er *isst* sonst eben einfach nicht!
Und dann wird er sehr schnell dünn und sieht ganz
fürchterlich aus! Außerdem ist er durch seine ständige
Mäkelei natürlich sowieso immer schon an der untersten
Gewichtsgrenze … Dann kann oft nur noch ein gekoch-

tes, gehacktes Eidotter mit Petersilie Abhilfe schaffen …«
Mami sagte staunend: »*Das* müsste uns mal passieren:
Petersilie und Pastinaken … An rosa gedünsteter Enten-
brust mit gehacktem Dotter.« »Leibgericht!«, sagte Louis'
Leibdienerin nachdrücklich. »Ja, aber Sie haben Recht:
Da macht man wirklich was mit! Er frisst nämlich nicht
mal solche raffinierten Delikatessen wie angebräunten
Leberkäse, Filetspitzen, rohe Leber oder Brathendl …!
Aus der Hand nimmt er sowieso nichts, wenn dann nur
aus dem Napf. Mit Petersilie, dann vielleicht … Aber
es ist nicht sicher.« Mami schüttelte benommen den
Kopf und kalauerte: »Ja, passt die Nake oder passt die
Nake nun nicht …« Louis' Dienerin gackerte fröhlich
los: »Mit genügend krauser Petersilie passt die Nake
immer!« Mami kalauerte etwas geschwächt weiter: »Es
kommt wohl auch noch auf den Aszendenten an … Und
aufs Wetter …« »Gut möglich!«, sagte Louis' Sklavin.
»Ganz unbekannt ist dieses mäkelige Essverhalten bei
dieser Rasse allerdings nicht! Aber solche Schoten, wie
der Louis sie immer bringt, sind schon sehr speziell!«
»Das muss man ganz eindeutig mögen …«, sagte Mami
entschieden. »*Ich* zumindest hätte dann ja auch immer
noch ein paar andere Dinge zu tun, als meinem Köter
die rechtsgedrehte Biopetersilie über die geschabte Entenbrust mit dem gehackten Dotter zu rebeln …« Louis'
Vorkosterin lachte herzlich: »Ja, das stimmt! Aber so ein
Hundewelpe ist nun mal wie ein Überraschungsei …«
Und beide sagten lachend zusammen: »Du weißt nie,
was du bekommst …!«

Hund in der Dose

Dass ich einen deutlichen Hang zu fahrbaren Untersätzen hatte, war ja schon leidlich bekannt. Das dieser sich auch auf Schwarzfahrten auf fremden Fahrrädern bezog, stellte sich dann jüngst auf der Hundewiese heraus. Da waren die beiden kleinen Mädchen, die immer mit mir spielten, wenn wir uns trafen … Die eine von ihnen hatte heute ihr kleines grünes Fahrrad mit. Und *ich* wollte dann da rauf, unbedingt! Mami setzte mich schließlich zweifelnd auf den breiten Gepäckträger und sagte: »Ich glaube nicht, dass es das ist, was du wirklich willst …« Ich klammerte mich mit den Vorderbeinchen sofort am Sattel fest, blieb dabei aber sitzen und schaute entschlossen wie: »Irrtum. Das ist *genau* das, was ich will!« Sie schoben mich also langsam und ich blieb kerzengerade sitzen. Sie schoben mich dann schneller und ich blieb trotzdem sitzen, im Balancieren bin ich nämlich wirklich gut! Den ganzen Weg lang fuhr ich Fahrrad … als hätte ich niemals etwas anderes getan! Dann lief das andere Mädchen los und holte auch ihr Fahrrad, denn sie hatte sogar noch einen kleinen Drahteinkaufskorb hinten drauf. Und da saß ich dann schließlich drin: ein fettes schwarzes Osterei mit halb geschlossenen Augen in einem kleinen knallrosa Gitternest. Ich ließ mich, wie Pascha persönlich, den Weg ständig auf- und abfahren und guckte höchst gelangweilt auf all das Fußvolk runter, was da unten im Weg herumwimmelte und zu mir aufblickte. Eine Megashow mal wieder … aber gelaufen bin ich dann heute wirklich nicht viel.

Das führte dazu, dass Mami sich an ihr Fahrrad vorne einen großen Drahtkorb mit Verstärkungsstreben dranbauen ließ. Da lag nun eine gelbe Babydecke drin, ich wurde reingesetzt, angeschnallt und los ging es! Herrlich! Wegen der empfindlichen Augen, der ganzen Pollen, des Straßenstaubs (und der Coolness) kaufte sie mir dann eine blau verspiegelte Brille, mit der ich einfach nur noch unglaublich aussah. Ich fand es nicht so toll und pulte angepestet ewig daran herum. Sobald keiner guckte, schob ich sie mir lässig in die Stirn hoch. Aber das war wieder eines dieser Themen, über die es keine Diskussionen gab: Noch unter der Fahrt wurde ich dann jeweils neu angezogen …

Wir genossen unsere gemeinsamen Fahrten sehr, manchmal rollte ich mich zusammen und schlief eine Runde unterwegs. Dann kam dieser Tag, wo wir mit unserer Freundin Lydia zusammen in den Englischen Garten wollten. Ich saß in meinem Korb, ich sah Lydia, ich freute mich. Und dann begann ich im Korb zu rappeln, mich gegen den Käfig zu werfen und dabei schließlich zu schreien wie Kakadu. Der schon wieder! Mami dachte total genervt, der wäre mit Abschluss der zweiten Pubertät endlich ausgezogen, aber nein: Da war er wieder! Mama fuhr unter meinem fortgesetzten Gezappel erst mal in einen Busch. Sie musste anhalten und verzurrte mich neu. Ich rappelte, hampelte und schrie dabei aus voller Kehle nach meiner Lydia! Sie haute mir schließlich voll eins auf die Nuss, damit ich mal wieder zu mir käme, und schrie mich an, ich solle das bescheuerte Gekreische endlich sein lassen! Völlig ohne Effekt, denn ich war psychisch komplett ausgeklinkt, weil ich vermutete, gerade mein Rudel zu verlieren! Sie gurkte also hinter Lydia her, ich rappelte im Korb weiter und schrie wie am Spieß. Dann reichte es mir irgendwann und ich stieg kurzerhand aus. Mama sauste, schreiend diesmal und mit 20 Kilometer pro Stunde, schon wieder rechts in die Büsche! Das war physikalisch kein Wunder, weil ja plötzlich sieben entfesselte Kilos rechts außen am Fahrradkorb strampelten. Und dabei aus Leibeskräften schrien, das wollen wir ja nun auch nicht vergessen! Die Leute stießen sich mal wieder gegenseitig an und machten auf mich Nervenzwerg aufmerksam. »Die denken bestimmt schon alle, ich hätte den Irren hier entführt!«, sagte Mami empört und wollte nur noch nach Hause. Auf dem Heimweg, nachdem ich gecheckt hatte, dass die Party vorbei und Lydia weg war, rollte ich mich ohne weitere Kommentare zusammen und schlief mich frisch bis nach Hause. »Unfassbar!«, sagte Mama und sah auf mich friedlich schlummernden Satansbraten herunter …

So kaufte sie ein Gitter und befestigte das bei der nächsten Fahrt mit Lydia mittels Karabinern oben auf dem Korb wie einen Deckel. »So!«, sagte Mami finster und guckte von oben zu mir eingedostem Unglückswurm herunter. Ich guckte unglücklich blinzelnd zu ihr durch die Gitterstäbe hoch. »Sauber eingedost mal wieder! Erneut reist der unselige Herr Calimero im offenen Vollzug umher …« Es war dennoch immer noch bizarr genug: Ein Hund in der Dose, kreischend wie ein Kakadu, schaukelte auf dem Fahrrad, wütend und quer in eine dottergelbe Flauschdecke geknäult, durch den Englischen Garten …

Wasserphobie

Bei Hunden ist es anders als bei Menschen. Weil wir unsere Beziehungen hauptsächlich mit der Nase schließen, haben wir immer genau die Informationen, die man eigentlich braucht. Menschen machen das übrigens nicht anders, aber es funktioniert wegen des verkümmerten Riechhirns nicht mehr richtig. Somit wandern all die Informationen, die sie damit heimlich gewinnen, sofort ins Unbewusste, wo sie sich als »Bauchgefühl« dann schließlich irgendwann wieder melden … Oder eben nicht, wenn sie von der Ratio geknebelt wurden. Dann musste der Mensch seine Erfahrungen machen, bis er schließlich sagen konnte: »Der Typ da stinkt mir, den kann ich überhaupt nicht riechen! Ich hab die Nase gestrichen voll von dem!« Da sind wir Hunde einfach schnell: Er stinkt oder er ist lecker! Lucki zum Beispiel war voll lecker! Er war ein grauer Labradoodle und hatte Angst vor Wasser! Das war jetzt irgendwie doof gelaufen, denn die Familie hatte sich extra einen Superwasserhund gekauft, weil sie ein Boot hatten und nur Urlaub am Meer machten! Und dann der Superwasserhund Lucki: fieps, kreisch, zitter, hau ab! »Keine sehr gute Performance!«, meinte Mami zu Luckis Frauchen, die auch schon ganz hilflos war. Unverständlich sogar für mich Mops, der ja nicht allzu wässerig ist. Labradore gehören zu den wenigen Hunden, die freiwillig ihren Kopf unter Wasser stecken, und der Pudel als Entenjäger ist auch einer, der komplett untertaucht. Wässeriger als eine Mischung dieser beiden Rassen ging es also wirklich nicht mehr – und nun das!

Erfrischenderweise kannte sich Luckis Mama mit der Rasse ihres Hundes aus, denn für mich war es immer wieder erstaunlich zu erleben, wie viele Leute sich einen Rassehund aussuchten und nichts über seine Herkunft, seinen Charakter und sein Zuchtziel wussten. Sie hatten also nicht die blasseste Ahnung, mit wem sie da eigentlich zusammenlebten und wie man mit diesem jemand am besten umging. »Chihuahua? Die sind auch zu was gut? Ach, die jagen Kakerlaken? Ist ja eklig!« Immer wieder gehört.

Aber nun zurück zu Lucki, dem Wasserhund mit der Wasserphobie. Es war heute sehr warm gewesen und wir gingen gemeinsam zum Hachinger Bach, der schnell, glasklar und ciskalt dahinrauschte. Ich ging dann mal todesmutig bis zum Bäuchlein von alleine rein, und weil wir so schön gespielt hatten, sprang Lucki aus Versehen hinterher – ins schreckliche Wasser! Mami reagierte blitzschnell: »Jubeln!«, raunte sie und dann ging es am Rand des Baches los, sie waren kurz davor, die Pompons rauszuholen! Lucki kam erfreut näher. »Leckerli!«, raunte Mami. »Hab keins!«, heulte Luckis Mama und so spendierte Mami ihm dann meine. Sie stopfte in Lucki die winzigen Mopsleckerlis rein und rief immer wieder begeistert »Wasser! Juuuhuuuu! Toll gemacht, Lucki! Wasser, yiiippppiiieee!« Und dann gab sie ihm einen kleinen Stups, dass er wieder im Wasser stand. Und wieder: Jubel, Pompons, Leckerlis und Bestätigung … Lucki kapierte *blitzschnell,* worum es hier ging! Und nach der vierten Lage Leckerlis mit Lob und Pompons, sprang er plötzlich ganz von alleine mitten in den Bach hinein und hüpfte freudig erregt im Wasser hin und her. Von Angst keine Spur mehr! Dann raste er plötzlich auf die andere Seite, bellte wie toll, schüttelte sich wie verrückt, raste den Abhang wieder runter, kam quer und nach allen Seiten wild spritzend durch den Bach wieder zurück, holte sich seine Leckerlis und sein Lob, nur um sofort wieder in den Bach zu rasen! Ein Hund war vollkommen spielerisch und mühelos in seinem Element angekommen …

Toni

Ich hatte einen neuen Kumpel! Einen wunderhübschen Bordercollie namens Toni. Wir liebten uns vom ersten Moment an und waren nur noch am Rumkugeln wie die Rumkugeln. Mami sagte entzückt: »Sieh nur! Calimero trägt schon genauso professionell die Graspanade auf wie Toni! Alles, was dem zu seinem Glück auch ein Border-collie zu sein fehlt, ist eine weiße Schwanzspitze!« Toni gehorchte noch nicht so besonders gut und befand sich gerade voll im Rüpelalter. Mir war schnell klar, woran das lag. Sein Herrchen hatte nämlich eine sehr tiefe und sehr laute Stimme. Und wenn der »Tooniii!« brüllte, weil sein Hund irgendwas tun oder lassen sollte, zuckte dieser jedes Mal zusammen und schlich zusammenge-schnurrt zwei Schritte rückwärts. Er hatte einfach Angst und dachte, er würde gerade angeknurrt und gleich gäbe es Ärger! Die meisten Menschen reagierten auf solche Offenbarungen komischerweise überhaupt nicht positiv und auch leider überhaupt nicht schlau: »So ein Quatsch! Der weiß doch *ganz genau,* dass ich ihm nichts tue!« Ja, richtig! Darum verhielt er sich ja jetzt auch *genau so,* weil er das ja *so genau* wusste … Wenn Hunde die Augen hochrollen könnten, würden sie es in solchen Momen-ten tun. Und so was nannte sich dann selber immer »rational und vernunftbegabt«! Ich hatte es schon öfter beobachtet, dass Menschen, obwohl sie ihre Hunde lieb-ten und ihnen niemals etwas tun würden, vollkommen unsensibel auf die Körpersprache ihrer haarigen Freunde reagierten.

Neulich sah ich zum Beispiel einen Hund, der vor Schreck direkt rückwärts in den Kantstein fiel und auf dem Rücken steif liegen blieb, als sein Herrchen eine schnelle Bewegung machte, um ihn anzuhaken. Herrchen reagierte überhaupt nicht, kratzte genervt den vor Angst steifen Pico aus dem Rinnstein und schleifte ihn unsensibel mit sich weg. Er sah auch nicht, wie der Hund komplett zusammengesackt leise zitternd hinter ihm herschlurfte und vor Schreck fast gar nicht mehr gehen konnte … Der arme Pico hatte Todesängste! Nicht wegen seines aktuellen Herrchens, das wir als sehr ausgeglichen kannten, aber ihm war früher ganz offensichtlich wirklich Schreckliches widerfahren. Sein neues Herrchen nahm darauf aber leider überhaupt keine Rücksicht, weil es ihm gar nicht in den Sinn kam, das doch ziemlich sonderbare Verhalten seines Hundes einmal liebend zu analysieren. Dass ein Hund sich komplett unterwarf, nur weil man schnell nach ihm griff, ließ schon tief blicken …

Leider musste ich aber auch bei Toni nach ein paar herrlichen Wochen Abstriche machen … Mami stellte nämlich fest, dass meine Wangen beide plötzlich komplett zerbissen waren! Sie hatte das in meinem schwarzen faltigen Gesichtchen gar nicht gesehen, bis da dann plötzlich eine dicke Schrunde wegstand! Das kam sicherlich daher, dass Toni mir immer wieder mit Wonne in die Backen biss, ich mich daraufhin umfallen ließ und er mich dann ein paar Meter mit sich durch die Wiese schleifte. So schnell konnte Mami gar nicht eingreifen, wie es dann schon wieder passiert war! Als meine Bäckchen dann teilweise offen waren, musste Mami das schöne Morgen- und Mittagsspiel leider abbrechen. Sie sagte: »Kannst du versuchen Toni zu erziehen, dass er *das* bitte nicht mehr macht …? Wir können da auch gerne zusammenarbeiten! Die Bäckchen müssen aber verheilen, da darf keiner mehr reinbeißen jetzt! Es sieht ganz fürchterlich aus, die Läsionen sind schon fünfmarkstückgroß! Schau doch mal …« Tonis Herrchen machte plötzlich ein Gesicht, als hätte sie ihm mit dem Mund voll Erbsensuppe direkt ins Gesicht geniest. Er sagte angeekelt: »Nee, das muss jetzt wirklich nicht sein!«, und dann total angesäuert: »Ja, dann eben lieber gar nicht mehr! Ich weiß ehrlich gesagt nicht, wie ich das unterbinden soll! Und mir ist das auch zu anstrengend.« Das verstanden jetzt weder Mami noch ich, noch Toni. Wir hatten uns viele Wochen so schön miteinander angefreundet, dann tauchte ein Problem durch seinen Hund auf und schon war wieder alles gelaufen …! Mami sagte später resigniert zu mir: »Da ist gewiss noch etwas anderes im Busch …« Es hat sich aber nicht aufgeklärt, denn Toni ist von Stund an nie mehr auf dieser Wiese gesehen worden. Und sein Herrchen hat uns von einem auf den anderen Tag nie mehr angerufen. Komisch, diese Menschen …

Pfötchenmatsch

Auf der Wiese war es heute wieder herrlich, denn ich spielte mit einem kleinen Windelkind, das barfuß ganz alleine durch die Wiese taumelte und mit allen Hunden dort Freundschaft schloss. Die großen küssten sie auf die Nase und sie hatte kein bisschen Angst. Sie war ein bisschen wie Mowgli unter den wilden Wölfen, fand ich. Mich aber hatte sie am liebsten, vielleicht weil wir uns irgendwie ja auch ähnlich sahen: etwas speckig, etwas zerknautscht und mit dunklen Kulleraugen. Wenn sie sich zu mir runterbückte, um sich mit beiden Händchen in meine leckeren Speckfalten einzukrallen, verlor sie oft das Gleichgewicht und fiel dann quer über mich drüber. Mich störte das nicht, denn ich mochte ja Stapel! Und ich mochte es auch, in einem Stapel ganz weit unten zu liegen! Mami wusste das natürlich genau und stapelte sich oft einfach im Vorbeigehen mal auf mich drauf. »Hey, habe gerade Lust auf den kleinen Schmusestapel!«, sagte sie dann und begrub mich unter sich. Ich machte dann sofort den Teppichspaghetto, atmete tief aus und fand alles herrlich.

Ich sprang dann mal wieder auf die Bank, um alle Menschen zu begrüßen. Ich war der einzige Hund hier, der alle Menschen genauso gut kannte wie die Hunde. Und der immerzu genau darauf achtete, jeden einzelnen persönlich zu begrüßen! Ich war der einzige hier, der auf die Bank springen durfte, obwohl Menschen draufsaßen. Und der über all die Menschen drübertrampeln und sich einen Sitzplatz aussuchen durfte. Die Menschen da liebten es, wenn ich es wieder tat und waren noch glücklicher, wenn ich sie als Sitzkissen auserkoren hatte. Mami fand das nicht toll, aber ich bekam immer so viel Zuspruch und Bestätigung, dass jeder Erziehungsversuch per se sinnlos war. Also tat sie mittlerweile so, als hätte sie es nicht bemerkt und als kannten wir uns auch gar nicht näher … So bekam ich viel positive Aufmerksamkeit, viele Komplimente *und* eine Gratismassage! Neulich saß ich auf der Mami von Mowgli, es wurde gelacht, massiert, mal wieder fotografiert, als sie plötzlich sagte: »Auweia, sein Pfötchen blutet ja!«

Ein glücklicher Stapel.
PS Die Verlierer liegen immer oben …

Das stimmte leider, es stellte sich heraus, die Lauffläche vorne rechts war an den vorderen Ballen ganz hoch aufgeschwollen und schon ganz blutig. Mami schon wieder schockiert: »Er sagt nichts, er zeigt nichts, er humpelt nicht!« Zu Hause desinfizierte sie das Pfötchen mit dieser schrecklichen Gurgellösung aus Minze und Chlor, stopfte mir Enzyme rein und verband alles mit einem Pflaster. Das Pflaster klebte dann zehn Minuten später am Sofa. Das nächste Pflaster klebte schnell am Küchenschrank unten links. Und das dritte fand sich schließlich am Po der fetten Perserkatze wieder. Mama tapte das Pflaster schließlich genervt mit breitem Leukoplast in einer flotten Umdrehung fest – und schon war Ruhe. Die Züchterin gab dazu dann noch einen Tipp: Wenn der Mops nicht lecken, zerren, zupfen soll: Brennspiritus drauf, den Geruch nach vergälltem Alkohol hassten Möpse wie die Pest!

Es wurde dann leider überhaupt nicht besser mit der Matschpfote, trotz schönen trockenen Sommerwetters. Also zeigte Mami das nach einer Woche dann mal einem Arzt. Der freute sich gleich heftig und grinste wie eine Rolle Drops im Kreis: »Wir müssen operieren! Ganz klar, das ist ein Geschwür! Das muss unter Vollnarkose schnell rausgeschnitten werden!« Mami packte mich angepestet ein und ging zum nächsten Arzt. Der freute sich ebenfalls sofort, grinste auch wie eine Rolle Drops und sagte erfreut: »Ah, das ist bestimmt ein Tumor! Der muss unter Vollnarkose operiert werden, schon bald!« Mama wurde langsam richtig stinkig und ging zum nächsten Arzt, endlich mal eine Frau. Die war zwar die erste Vernünftige, aber zum ersten Mal ging es *mir* beim Tierarzt gar nicht gut! Sie stach nämlich mit einer Kanüle genau in meine Matschpfote hinein, um mal zu ermitteln, was da denn nun überhaupt genau los war. Ich schrie laut, weil es *so* wehtat, nicht mal die Leckerlis wollte ich hinterher, weil mir ganz übel vor Schmerz war! Nach zwei Tagen wussten wir dann – gar nichts. Es war ein »Histiozytom«. Das bedeutete: Wir hatten es mit einer Ansammlung von Zellen zu tun. »Ach …«, sagte Mami. »Da wären wir ja nun nie von alleine draufgekommen …« Es waren auch ein paar weiße Blutkörperchen und ein paar Makrozyten vorhanden, das hieß, das Immunsystem arbeitete an diesem Vorfall ebenfalls mit. Mami sagte: »Mein Verdacht ist immer noch, dass er in etwas reingetreten ist, das sich dann zermalmt unter Widerstand aus dem Leben verabschiedet hat! Aus der Fraktion: Biene, Hornisse, Wespe, Pferdebremse und Zecke!« Die Ärztin schaltete sofort: »Aber ja, natürlich! Zecken erzeugen teilweise sogar ganz massive Histiozytome, insbesondere in Weichteilen! Vielleicht steckt der Kopf da noch drin und darum schwillt das immer noch vor sich hin und heilt auch nicht richtig ab …« Diese Information reichte Mami schon. Zwei Ärzte hätten, ohne mit der Wimper zu zucken, einfach mich Kurznase mal kurz narkotisiert, um etwas wegzuschneiden, das weder eines Messers bedurfte noch eine erkennbare Ursache hatte! Mitdenken half also doch. Und auf der Wiese hieß es sofort: »Klarer Fall! Zecken sitzen gerne mal zwischen den Hundezehen! Das muss man immer gut kontrollieren!« Und komischerweise, nachdem Mami dann immer Zug- und Heilsalbe auf die Wunde geschmiert hatte und mich mit Enzymen gemästet hatte, begann die Heilung genauso unspektakulär, wie alles begonnen hatte. Ich lief noch zwei Wochen mit getaptem Pfötchen herum, auch zum Schutz, dann war der Spuk vorbei, genauso symptomlos, wie er mal gekommen war …

Glänzi soll schwimmen

Mami hat einen Badesee in einem Naturschutzgebiet gefunden, wo all die Asozialen wie wir gerne hingingen: Nackte und Nackte mit Hunden! Es war mal ein tiefer Badesee gewesen, mit Sand und blauem Wasser und allem ... Irgendwann war der aber dann leider in ein Biotop umgewandelt worden, wodurch er seine Attraktivität für Menschen größtenteils eingebüßt hatte. Nun war er nicht mehr blau und klar, sondern grün und trüb. Es schwammen herrliche Seerosen und Wasserhyazinthen am dicht bewaldeten anderen Ufer und man hörte den Kuckuck rufen. Auf einer Vorlagerung im See standen Fischreiher, die gelangweilt immer wieder auf die Wasseroberfläche aufplatschenden Riesenkarpfen schauten. Ringsherum lagen stark von Bienen und Hummeln angeflogene Wildblumenwiesen, in denen kleine Laichbecken mit lauter Frosch-, Kröten- und Molchbabys drin angelegt waren. Zutritt für Hund und Mensch verboten! Gut, unter uns, aber wer wollte schon auch in einem piwarmen Laichbecken unter minderjährigen Kröten und Molchen sitzen ... Solche Laichlöcher waren auch überall am kiesigen Strand eingelassen, so dass sowieso nicht mehr viel Platz zum Lagern blieb – und daher auch nur wenige Badegäste da waren. Die ganzen Schilder, was alles zu beachten war, was man nicht tun durfte, wo man nicht hin sollte, zeigten schon, dass eigentlich am liebsten überhaupt niemand hier sein sollte, der kein gebürtiger Molch mit erstklassigem Stammbaum war. Und schon gar nicht jemand, der da auch noch lagern oder baden wollte. Zu verbieten trauten sie es sich aber (noch) nicht.

Mami sagte hellseherisch: »Spätestens Ende August ist die Pampe hier garantiert vollkommen umgekippt von den ganzen Algen!« So war es dann übrigens auch tatsächlich. Von einem auf den anderen Tag war das ganze Wasser dick und grün, während lauter Gärungsblasen leise ploppend aus dem lauwarmen Wasser aufstiegen … Außerdem wurden die sowieso schon hochaggressiven Stechfliegen noch verrückter und attackierten uns noch ungehemmter, nämlich ungefähr wie im Sturzkampfmanöver. Über unser Autan lachten die sich so lange schief, wie man sie nicht *direkt* damit ansprühte … So beschränkte sich unser Aufenthalt dort auf höchstens einmal wöchentlich und dann sowieso nur von Anfang Juni bis Mitte August …

Ich war ja kein so großer Wasserfex, aber nun stellte sich peinlicherweise heraus, dass ich auch gar nicht schwimmen konnte! Bisher hatte Mami mich zumeist ja immer nur im Naturschutzgebiet am Garten in der sogenannten »Bouillabaisse« erlebt. Das war ein Weiher mit Kröten, Fröschen, Seerosen und vielen roten Blubbis drin. Ich stürzte mich nach dem Spaziergang da hinein, bis zum Bauch, und trank in vollen Zügen. »Lecker Fischsuppe!«, sagte Mami dann immer stirnrunzelnd. Und: »Lass noch was für die Blubbis drin, ja …!« Und: »Denk dran, was die da drin alles machen …!« Da war es auch fast zu flach zum Schwimmen, darum hatte Mami gedacht, es sei Instinkt: Man setzte einen Mops ins tiefe Wasser und der machte sofort Synchronschwimmen mit den Karpfen. War dann aber wohl nichts, denn ich platschte jetzt in dem See nur panisch und sehr unsportlich mit den Vorderfüßen im Wasser herum, quiekte jämmerlich und gab derweil den Ertrinkenden. Dabei versuchte ich immer wieder aggressiv auf die Rettungsinsel neben mir zu kraxeln und zerkratzte Mami dabei so den Rücken, dass sie schließlich wegschwamm und mich quiekend mitten im See hängen ließ. Als sie kurz darauf wiederkam, brachte sie mir erst mal das Schwimmen bei. Sie hob meinen tief hängenden Hintern am Ringelschwanz hoch an die Oberfläche und rief dann: »Hoch die Kiste, kleiner Soldat und jetzt gib den Propeller!« Ich paddelte also los und war fast begeistert: Das ging ja sogar ganz gut! Das machte ja fast Spaß! Fast. Ich benutzte meine neu erworbenen Fähigkeiten sofort. Gut, ich machte es nicht *ganz* vorschriftsmäßig, denn es war mir einfach zu anstrengend, meinen dicken Hintern die ganze Zeit hochzustemmen! Aber ich zog ihn schon mal um einiges höher als vorher und ließ dabei dann aber die Ärmchen unter Wasser. So ausgebildet nutzte ich die Gunst der Stunde, drehte wortlos ab und schwamm sofort emsig wassertretend zurück an Land. Da drehte ich mich ausschüttelnd stolz und suchend um. Kreisch! Mami war noch da drin, ihr nasser Kopf trieb auf dem Wasser herum! Sie schrie: »Hiiilfiiii! Hiiilfiiii! Iech irtrinkiii!« *Das* konnte ich mir ja nun nicht zweimal sagen lassen! Todesmutig stürzte ich mich in die trüben Fluten, vergaß unterwegs dummerweise immer wieder meinen Auftrag und kehrte dann prompt um. Mami musste insgesamt bestimmt zehnmal »Hiiilfiii!« schreien, bis ihr eingelaufener Bernhardiner endlich mal ankam. Ich prus-

tete ihr ins Gesicht und wir schwammen gemeinsam in der Stille durch den abendlich besonnten, vollkommen glatten See. Dann prustete ich sie wieder entschlossen an, was so viel bedeutete wie: »Betrachten Sie sich jetzt bitte als gerettet! Ich bin draußen!« Und dann kehrte ich um. Mami quietschte vor Lachen, als sie meinen emsig davonschwimmenden nassen kleinen Kopf mit den auf dem Wasser reibenden Schlappohren von hinten sah. Ich schüttelte mich gründlich durch und raste parallel zu ihren Schwimmzügen am Ufer entlang. Ließ sie nicht aus den Augen und schrie immerzu laut: »Das da ist *meine* Mami! Ich gehör zu *der* da! Mami, *hier* bin ich! *Hie-hier*!« Dabei stolperte ich, ohne zu gucken, wohin ich ging, über alle möglichen Leute rüber, die da lagen. Dann zog ich, das überraschte Quietschen geflissentlich überhörend, schließlich erschöpft auf einem Handtuch irgendwo unterwegs ein. Nass, kalt und uneingeladen …
Ich hatte damit meine Schäflein jedenfalls schon mal im Trockenen: Wenn Mami aus der Algensuppe nicht wieder rauskam, wusste *ich* jedenfalls, mit wem ich heute hier weggehen würde! Aus der Reihe: »Mops zu adoptieren, leichte Gebrauchsspuren, viel Zubehör, kann schwimmen und mag Katzen.«

Wiesenkuddelmuddel

Heute trafen wir mal wieder auf Cäsar. Das ist so ein Malteser-Havaneser-Bologneser-Dingenskirchen mit beleidigtem Gesichtsausdruck. Ich fand den doof, weil *der* alles doof fand und nur immer am cheffen war. Mama fand den auch doof, weil er und sein Frauchen nicht die Spur erzogen waren. Alle auf der Wiese lachten ja über Mami, weil sie mit allem so streng war. Immerhin hatte sie mich geistig so erzogen, als steckten in mir irgendwo 65 Kilo irischer Wolfshund. Sie sagte zu sich und allen anderen, die mir putzigem kleinem Kerlchen so gerne alles durchgehen ließen: »Was für einen 65-Kilo-Koloss nicht geht, das geht auch nicht für einen 6,5-Kilo-Koloss! Weder Anspringen noch Leinezerren, nicht an Geschlechtsteilen schnüffeln, kein Durchsuchen von Taschen und bestimmt nicht quer im Gang rumliegen …!« Die Leute fanden das zwar erheblich ambitioniert, für ihren eigenen Fall dann aber viel zu anstrengend anzuwenden. Immerhin hatten sie sich ja nun nicht einen Mini-Yorki geholt, um dann einen Wolfshund zu erziehen.

Mami hatte Cäsar, das zumeist keifende Fellbündel, einfach nur noch »Pissi« genannt, weil alle Leute auf der Parkbank immer ganz schnell die Füße hochzogen, wenn »Pissi« vorbeikam. Ich glaube, ich muss nichts weiter dazu sagen … Wenn er sauer wurde, setzte er immer einen schnellen Strahl hinten an die Hosenaufschläge seines Frauchens. Diese kriegte von alldem aber überhaupt nichts mit. Mami sagte mal entsetzt: »Der Wäschepuff und der Kleiderschrank! Das muss doch alles stinken wie eine Kloake, so oft wie *der* ihr gegen die Hosen strullt?!« Aber an seinem Verhalten änderte sich nie etwas und seine Mutti kriegte auch nie etwas mit. Einmal spielte eine sehr hübsch angezogene Frau mit ihrem Hundebaby und hockte dazu mit ihrem teuren Mantel im Weg. Da kam »Pissi« kurz mal hinter ihr vorbei und … Mami hat nichts gesagt! Und ich dachte ebenfalls nur schweigend: »Wenn sein Frauchen sich nicht dafür interessiert, dass ihr kostbarer Cäsar so eine Pissnelke ist, was sollen *wir* uns da jetzt noch mit einmischen …?«

Auch wenn Sabsi mit ihren wilden beiden Hunden kam und schon von Weitem laut nach ihren ungezogenen Kötern kreischte, sagte Mami immer spontan: »Oh, ich hab ja auch noch was am Herd, fällt mir da gerade ein …!« Mit deren Freund, der immer mit einer Bierflasche auf der Lehne der Bank saß, die Drecksschuhe auf der Sitzfläche, hatte sie sich sogar schon wegen mir gestritten. Der Labrador war zwar nett, aber spielen war nicht so richtig drin, weil er ständig nur aufritt oder an den Speckfältchen zerrte. So zerrte er dann natürlich auch grob an meinem Regencape herum, riss Knöpfe ab und schleifte mich über die ganze Wiese, inklusive Beuteschütteln. Der Typ gehörte leider zu den Uninteressierten, glotzte einfach woanders hin und soff nur schlecht gelaunt sein Bier. Mami rief irgendwann entnervt, er solle seinen Hund *endlich* mal abrufen, weil sie hier wegwollte und nicht an mich herankäme! Er sagte verächtlich, ohne dabei hochzugucken: »Keinen Bock! Zieh ihm halt das Teil endlich aus, dann ist auch Ruhe!

Das ist ein Köter, der braucht keine peinliche Jacke, der hat nämlich Fell!« Ach, danke auch für das Gespräch … Ich erspare euch Mamis Antwort. Nur so viel: Er grüßt nicht mehr.

Auch um Puschel, den Yorki, der ständig nur bellte, bellte und bellte, machte sie mittlerweile einen Bogen – wegen ihrer Nerven. Mir war klar, warum der bellte: Dem war total langweilig! Frauchen saß fett auf der Bank und schmiss so unsportlich wie zutiefst ungekonnt, aus dem Sitzen heraus, den Ball ein paar Meter in die Wiese. Und das nannte sich dann »Gassi gehen« … Man konnte quasi dabei zusehen, wie der arme Yorki langsam auch immer dicker wurde, genau wie sein Frauchen, armer Hund! Arme Gelenke! Armes Herz! Dass dem Hund fad war, lag auf der Pfote, immerhin war er ein Stöberhund und musste schnüffeln, rennen und stöbern! Weil er weder erzogen war noch den Ball wieder hergab, blieb das mit dem »Gassi und Ballspielen« immer nur angetäuscht. Ihre dicke Mutti mit dem kaputten Knie gäbe das anders einfach nicht her, behauptete sie. Was sie leider dann aber auch nicht hergab, war irgendeine sinnvolle Art der Erziehung. Die Dicke schrie immerzu: »Puschel …! Puschel! Puuuscheeelll!« Und immer wieder: »Gib ab! Aus jetzt! Gib Balli! Schluss jetzt!«, aber nix passierte. Mami hatte ihr mal genervt gesagt, sie trainiere sich so noch den trüben Rest des Respektes ihres Hundes vor ihr ab. Indem sie Befehle kreische, denen aber nichts zu folgen brauchte, verlöre ihr Hund nicht nur den Respekt, sondern schlagartig auch das Interesse! Auf Mamis Worte folgte das, was immer folgte: glasiger Blick.

Das ist unter uns Hunden übrigens genauso: Wenn keiner zu Hause ist, brauchst du auch nicht reden. Darum handhaben wir sozialisierten Hunde das ganz britisch: »Mortimer, tun wir so, als hätten wir es nicht bemerkt!« Denn wer doof ist (oder auf Stunk aus), der wird komplett und von allen ignoriert! Nur die wenigsten von uns machen sich die Mühe, einen solchen Trottel auch noch zu erziehen! Dieses Mal zieht er sich dann nämlich vielleicht besiegt zurück, aber der nächste Pudel kriegt es dann wieder ab … Und das nächste Mal *hier*, dann garantiert auch wieder wir. Hatte einfach keinen Zweck.

Puschel war ein Lehrbuchbeispiel für eine völlig misslungene Führung! Dass sie den Ball nicht wieder abgab, zeigte ihren fehlenden Respekt vor der Rangfolge und dass sie die Dicke nicht als ihren Rudelführer akzeptiert hatte. Mehr noch: Sie hielt sich selber für den Chef! Denn nur dem Chef stand es zu, ein tätiges Anrecht auf eine Beute zu erheben und diese dann auch gegen andere zu verteidigen. Und das tat Puschel erfolgreich jeden Tag aufs Neue! Womit sie ihre Erziehung versenkte, dafür aber dann ihre Vorherrschaft noch immer weiter ausbaute … Die Dicke war dagegen endstolz auf ihren Wachhund! Einer von der Sorte, der am Badesee knurrend auf dem Handtuch saß und alles verbellte, was sich näher als drei Meter rantraute. »Sie verteidigt mich eben!«, sagte die Dicke geschmeichelt und stopfte Puschel glücklich ein paar Leckerlis fürs Nichtstun rein. »Sie liebt mich einfach!« Da stellten sich dann einem sozialisierten Hund, der in einem funktionierenden Rudel lebte, natürlich glatt alle Haare gleichzeitig auf!

Puschel wurde nicht nur nicht gebremst sich als Chef aufzuspielen, sondern auch noch ermutigt. Verteidigen sei ja schließlich auch ihr Job als Hund, sagte die Dicke selbstbewusst. Ich zog die Brauen hoch, als ich das hörte. Sie hatte ganz offensichtlich keine Ahnung, dass Yorkshireterrier zur Rattenjagd und nicht zum Objektschutz gezüchtet waren. Acht Kilo sollten 80 Kilo plus ihr ganzes Gelerch verteidigen?! Armer kleiner Hund! Mama sagte dazu nur einmal etwas: »Und wenn dich nun jemand auf deinem verwanzten Badelaken überfällt, um dir die Sonnenmilch zu rauben, tut Puschel *was* genau …?! Hustet sie dem Dieb dann einen Fellball vor …?! Und wenn ein Pitbull kommt … Reicht ihr dann die Toastscheiben und den Senf gleich an?« Die Antwort das Übliche: glasiger Blick.

Dieser glasige Blick wurde aber auch gerne mal etwas panisch, wenn Puschel taub im Gebüsch saß und dort *die* Dinge fraß, die wohlmeinende, aber leider denkfreie Leute da immerzu reinschütteten. Wenn sich die Dicke »Puuuscheeelll!« brüllend ins dichte Unterholz vorgearbeitet hatte, wurde ihr die Spezialbehandlung eines ausgebildeten Wachhundes zuteil. Dieser attackierte sie nämlich knurrend und fauchend über seiner jüngsten Beute und biss auch notfalls in die Hand. Der Wachhund versuchte sie mit allen Mitteln von seiner Beute wegzutreiben, das fand die Dicke jetzt irgendwie doof. Weitere, möglicherweise unangenehme Schlüsse zog die daraus aber nicht – außer dass Puschel eben manchmal einfach unausstehlich sei! Auch als Puschel sich beim Holzfressen, »Puschel, nein! Puschel, aus! Puschel, lass das!«, einen großen Spreiz hochkant hinten in den Schlund gerammt hatte, daraufhin bluttriefend und schreiend davonlief, dämmerte auch keinerlei Erkenntnis zum Thema »entglittene Rangfolge« … Das Herrchen eines Schäferhundes fing sie schließlich ein, klemmte sie grob fest, haute ihr eine rein, als sie nach ihm schnappte, und entwand ihrer Kehle den scharfen Holzspieß.

Alle wohlmeinenden Hinweise vom Rest der Wiese, dass Hunde allesamt ressourcenorientierte Beutegreifer seien, die keine Menschenliebe verteidigten, sondern die einfach ihre Ressourcenquelle bewachten, wenn man sie daran nicht hinderte, verhallten unter glasigen Blicken. Dazu hätte *ich* dann auch noch was zu sagen gehabt. Zum Beispiel dass Apportierspiele nur noch weiter den Jagdinstinkt unterstützten, umso mehr, wenn die Beute beim Draufbeißen dann auch noch laut quietschte! Für uns Hunde waren das die Todesschreie eines gejagten und erlegten Opfers. Darum bekamen die Puschels der Wiesen natürlich auch nie genug davon! Irgendjemand auf der Wiese musste aber dann doch mal durchgedrungen sein, denn die Dicke trainierte jetzt plötzlich mit Puschel! Für jedes Mal, wenn sie den mädchenhaft ungeschickt geschnippten Ball holte und auch wieder abgab, bekam sie ein industriell gefertigtes Leckerli in Knochenform. Mit vielen Kohlehydraten, Fetten, Aromastoffen und nur fünf versteckten Zuckerarten drin. Puschel apportierte über die viereinhalb Meter wie ein Gott und wurde immer fetter dabei. »Komisch!«, sagte die Dicke ehrlich erstaunt. »Dabei läuft sie doch so viel wie selten …!«

Diese Sahne tut niemanden mehr etwas an, harr …

Trixi

Wenn ich mal wieder besonders unausstehlich war (also nie!), sagte Mami mürrisch: »Und mach jetzt hier bitte nicht auch noch die Trixi!« Trixi gehörte zu meinen Wohnblockkumpels und war ein niedlicher Westhighlandterrier. Sie war, wie ich ja auch, eine absolute Zierde ihrer Rasse, das Wort kann man auch unter »Amboss« im Duden nachschlagen. Trixi lebte mit einer sehr fitten älteren Frau zusammen. Dort schlief sie natürlich quer und schnarchend im Federbett. Weil ihre Mama manchmal nachts Durst oder Lust auf ein Appetithäppchen bekam, hatte sie beschlossen, dass Trixi ungestört weiterschlafen sollte. Was bedeutete, dass sich Mutti nach dem kleinen Imbiss auf dem kalten Sofa zusammenrollte. Weil: »Kann man ja nicht machen, der arme Hund braucht ja schließlich seinen Schlaf!«

Draußen ging es in der gleichen Art weiter. Trixi trug natürlich Flexi-Leine, stets auf volle Länge ausgefahren. Der Hund saß, bei voller Leinenspannung *nach hinten*, mit dem Kopf gelangweilt in die Gegenrichtung gedreht, genau in der Mitte der Auffahrt. Am anderen Ende der gespannten Leine stand nach vorne gebeugt ihre Mami, die aus Leibeskräften an der dünnen Leine zog und zuckersüß säuselte: »Na, kooommm …! Kooommm heeer …! Kooommm, Trixileinichen, wir wollten doch noch zur Apotheeekeeee …!« Das traf auf Trixileinichen offenbar nicht so ganz zu und sie demonstrierte das eindeutig. Man hatte das Gefühl, sie sagte: »Ihre Majestät seien im Moment indisponiert und nicht erreichbar! Ihre durchschnittliche Wartezeit beträgt derzeit 53 Minuten und 20 Sekunden. Bitte sprechen Sie nach dem Ton oder schicken Sie eine Pi-Mail! Wir melden uns. Möglicherweise. Piiieeeppp …« Unter dem Zug der Leine wackelte sie gelangweilt etwas nach links und schnappte reglos in die Ausgangslage zurück, wenn der Leinenzug wieder nachließ … Man könne das, so sagte ihre Mama vollkommen überzeugt, einfach nicht machen: den Hund anbrüllen oder ihm was befehlen, was verbieten oder ihn gar entschlossen hinter sich herschleifen. Wenn er doch nun mal nicht wolle …! Das *ginge* doch einfach nicht! Trixi wusste das ganz genau und brachte diese Nummer bei allen Wetterverhältnissen. Am liebsten wenn sie selber ihren schicken roten Anorak trug und ihre Mutti, vom Regen schließlich überrascht, in einer dünnen Windjacke und ohne Schirm, vorsichtig etwas an der voll ausgezogenen Flexi-Leine zog …

Für einen normalen Spaziergang, der bei einem normalen Hund ca. 15 Minuten dauerte, benötigte *ich* ja ohne Leinenführung schon knapp 30 Minuten, aber Trixi schaffte es, diesen Spaziergang locker auf eine Stunde auszudehnen! »Sie wird noch mal eine Sitzschwiele bekommen …«, sagte Mami mal lapidar im Vorbeigehen an der ausgezogenen Flexi-Leine. Trixis Mama sagte darauf in komischer Verzweiflung: »Ja, sie sitzt wohl einfach gerne …«

Aufgeräumter Mops

Calimero, der alte Streber, konnte schon wieder was Neues: Wenn Mami zwischen ihre Füße zeigte, kam ich angewetzt, pflanzte mich hin und starrte gierig nach oben. Nicht, dass ich dann die Bezahlung verpasste! Sie musste mittlerweile sogar nicht mal mehr »Beeetweeen!« sagen. Ich wusste doch schon Bescheid! Zeichensprache liegt uns Hunden einfach mehr als das ganze Gesabbel, denn wir gucken ja immer, ob wir nicht sowieso schon verstanden haben, was los war! Ich meine: Wölfe quatschten sich ja auch nicht den ganzen Tag lang gegenseitig voll!

Alle waren ganz hingerissen vom kleinen Streber, am meisten Mami: »Mein Hund weiß, wo er ist, und ich weiß, wo mein Hund ist … So sind alle jederzeit entspannt!« Das stimmte, denn ich konnte sehen, wie genervt einige Leute reagierten, wenn am Gleis ein Hund an einer ewig langen Leine, oder auch manchmal sogar ganz nackt, zwischen den Wartenden herumkrümelte, während das betreffende Herrchen in sein Handy tippte. Oder wie der Hund dann aus purer Langeweile, irgendwo in der Nähe sitzend, alles anschnüffelte, was vorbeikam. Niemand sah mich je genervt an, alle fanden mich süß, weil ich stets so brav und freiwillig in meinem Revier blieb und niemandem auf die Nerven, an die Wäsche oder an die Tasche ging.

Ich machte mir dann auf der Fahrt so meine Gedanken, ob ein Teil der fehlenden Toleranz gegen Hunde nicht vielleicht *auch* den jeweiligen Besitzern dieser Hunde geschuldet sein könnte. Ein aufgeräumter Hund machte keinen Stress, man konnte ihn freundlich betrachten und dann sogar süß finden. Ein unaufgeräumter Hund dagegen verletzte ungebeten das Revier von Menschen und natürlich auch anderen Hunden. Menschen, die vielleicht heute überhaupt keinen Nerv auf so was hatten, die Hunde nicht kannten, die religiöse Vorbehalte pflegten, die uns mit Misstrauen, Asympathie oder gar Angst begegneten. Und das Problem dabei war, was dann zu Aggression gegen Hund und Herrchen führen konnte, dass die Revierverletzung eben dann schon wieder passiert war! Und dass der solcherart penetrierte Mensch darauf, egal welche Meinung er dazu hatte, nun ja zwangsläufig reagieren *musste*. Solche Art von Kontrollverlust und Energieaufwand machte auch uns Hunden keine Freude. Einige Hundebesitzer interessierten sich dafür allerdings erstaunlich wenig: »Mein Gott, der will doch bloß spielen!« Oder: »Er will ja bloß mal schnüffeln!« Fein, nur wird der andere dazu eben überhaupt nicht erst *gefragt* und hat sich dann eben zu fügen!

Mami, die alte Streberin, hatte im Hundeführerschein gelernt, dass das Gesetz vorschreibt, was viele gar nicht wussten: Ein Hund durfte niemals das Leben anderer beeinträchtigen oder gar jemanden beängstigen! Das bedeutete im Klartext: Aufgeräumt am Bein klebend oder an der kurzen Leine geführt unter Menschen. Vielerorts war die Leine ja nicht nur gutes Benehmen, sondern schlicht und einfach logisch. Ein solcher Anblick entspannt alle anderen weitaus mehr als ein scheinbar führungsloser Hund, der ohne Leine kreuz und quer über den Bürgersteig schnüffelt ... Und das hieß auch, dass er in Parks oder Freigeländen weder Fußballmannschaften überfallen durfte und keine Radler, Skater, laufende Kinder oder Jogger zu verfolgen hatte. Auch dann nicht, »wenn er nur mal gucken wollte, der tut ja nix«. Denn das wussten nun die armen verfolgten Leute nicht und zumeist wollten sie auch nicht verwickelt werden! Leider hieß das im Klartext, dass wenn irgendwo, auch aus völlig fehlendem Anlass, jemand schrie: »Tun Sie den Hund da weg!«, man als Hundeführer sofort widerstandslos zu reagieren hatte. Und zwar völlig ohne Diskussionen und ohne das übliche: »Er tut doch gar nichts, er will doch bloß frei sein!« Als Hund war ich schon auch ein bisschen entsetzt manchmal, wie sorglos viele Hundebesitzer in der Öffentlichkeit auftraten ...

Und dann das Geschrei, wenn im Wald wieder mal ein Hund erschossen worden war! Mama wunderte sich, dass Leute, die mit freilaufenden Jagdhunden in Wald und Flur unterwegs waren, offensichtlich nicht mal den geringsten Schimmer vom Gesetz hatten. In Bayern hielt man es damit noch am humansten in ganz Deutschland: »Der Jäger darf auf den Hund schießen, wenn dieser sichtbar dem Wilde nachsetzt und ohne Zweifel außerhalb jeder Führung ist!« In allen anderen Bundesländern durfte sofort und ohne Anruf geschossen werden, wenn ein Hund ohne sichtbare Führung nur schon durch den Wald *marschierte.* Wieder die Diskussionen: »Aber er tut doch gar nichts! Er ist halt nur mal dem Hirsch hinterhergelaufen, um zu gucken!« Das reichte absolut. Ein

Hund durfte per Gesetz eben *niemanden,* selbst nicht eine Familie Biber oder ein Nest voller Buntspechte, durcheinanderbringen oder in Angst und Schrecken versetzen!

Such Hasi!

Ach je, heute haben wir auf dem Morgenspaziergang mal wieder etwas Trauriges gehört. Das Leben macht auch für Hunde keine Pause, nur falls Menschen glaubten, dass die Zeit nur für *sie* immer so dermaßen raste! Mami hatte schon zweimal einen netten Herren aus der Umgebung solo zum Zeitungsstand gehen sehen, der sonst immer seinen süßen Westi dabeigehabt hatte. »Schlechtes Zeichen«, sagte sie und heute Morgen erfuhren wir, dass Strolchi wirklich heimgegangen war. Er hatte seinen Spaziergang gemacht, hatte mit Appetit sein Frühstück gegessen, dann ein seltsames Geräusch gemacht und war plötzlich einfach tot umgefallen. Tja. »Er ist aber auch schon über 14 Jahre alt gewesen!«, sagte Herrchen heute traurig lächelnd. »Er hatte ein schönes Leben und sogar noch einen schönen Tod!«

Und wie wir so bedröppelt vor uns hin latschten, trafen wir mal wieder Kobi, der gleich mit der nächsten Horrormeldung aufwartete: Unser lieber Pauli, die prächtige schwarz-weiße Bulldoge von den Nachtläufern, war auch tot! Das schockte uns, denn wir hatten ihn doch neulich erst gesehen mit seinem Pflaster am Ohr! »Schreckliche Geschichte!«, sagte Kobis Papa betrübt. »Total verkrebst der Hund! Sie hatten ihn doch gerade erst schon wieder an der Kastrationsnarbe operiert. Und ein paar Wochen später war schon wieder alles total geschwürig. Der Arzt hatte gesagt, er könne ihn nicht schon wieder narkotisieren und es würde auch einfach nichts bringen, weil der

Krebs schon überall sei. Sie mussten ihn einschläfern lassen, bevor es ihm anfing so richtig schlecht zu gehen …«
Ach je, war das mal wieder ein dramatischer Morgen.

Um unsere Laune wenigstens ein bisschen zu heben, durfte ich ein neues Spiel spielen. Ich musste in der Küche abliegen und warten. Dann kam Mami rein und rief: »Seerrggeeaanntt! Such Hasi!« Und dann stürzte ich los und schnüffelte nach Hasi, bis ich ihn fand! Er steckte dann hinter den Sofakissen, unter dem Couchteppich, unter meinem Nest, hinter der Säule, auf dem Sessel, auf dem Stuhl, auf dem Couchtisch, hinter dem Sessel … Oh, war *das* spannend! Und auch ganz schön anstrengend diese Nasenarbeit! Aber jedes Mal, wenn ich mit Hasi glücklich in die Küche angerannt kam, mich dahinter ablegte, bekam ich für meine harte Arbeit dann Futter – und mein Assistent Merlin natürlich auch.

Da mir das solchen Spaß machte, hatte es Mami auf Ideen gebracht. Sie kaufte mir nach und nach verschiedene Hundeintelligenzspiele aus poliertem Holz. Da musste ich an Klötzchen mit kleinen Löchern drin schnuppern, wo das Leckerli lag, und dann das richtige Klötzchen herausheben! Ich war aber extrem effektiv, hob sie alle nacheinander blitzschnell heraus und warf sie dann mit Schmackes über die Schulter, bis ich endlich fündig wurde! Sprich: bis ich das Leckerli endlich fraß. Da fehlte mir dann wohl eindeutig mal wieder die sittliche Reife …
Ich musste bei einem anderen Spiel, das aufrecht stand, auf vorstehende Klötzchen mit der Schnauze drücken,

damit hinten die Leckerlis dann herausfielen. Das war mir alles viel zu kompliziert und ich donnerte ungeduldig mit der linken Pfote volle Wucht auf die Klötzchen drauf. Das war ein guter Effekt, denn hinten fielen immer viel mehr Leckerlis heraus!

Beim nächsten Spiel musste ich, eigentlich wohl mit der Schnauze, aber ich war viel zu ungeduldig, Platten in Laufschienen hin- und herschieben, um an die Leckerlis in den Fächern zu kommen. Mami musste auch dieses Spiel wieder mit beiden Händen festhalten, weil ich mit einer solchen Wucht daran arbeitete! Die Platten rappelten in den Laufschienen, es knallte und donnerte, das ganze Spiel rackelte und schob sich hin und her, es war eine Schlacht! Wütend kratzte ich an den Platten hcrum, wenn sie sich nicht sofort bewegten, und Mami musste mich immer wieder aus dem Spiel zerren, weil ich mittendrin stand, mich selber blockierte, dann wütend wurde und randalierte … Wenn sie mit dem Finger zeigte und sagte: »Guck da!«, machte ich mich sofort daran, das angewiesene Klötzchen oder Fächlein zu bearbeiten. Wenn sie sagte: »Touch!«, benutzte ich auch wirklich mal artig die Schnauze, ansonsten war ich ja eher so der Pfotentyp. Ich bin der typische Linkspfoter: kreativ, flott, weltgewandt, querdenkend …

Mein allererstes Spiel war bald schon aus der Auswahl gestorben, weil mir einfach die sittliche Reife … und weil Mamis Nerven das nicht mehr packten. Es hieß »Tornado« und bestand aus vier lose in der Mitte zusammengefassten, auf Anstoß schnell rotierenden Scheiben. Auf jeder Ebene gab es Fächer mit Leckerlis drin. Man musste *eigentlich* also nur ganz ruhig und vorsichtig an *einer* Scheibe drehen und einfach mal abwarten, bis sich ein Fach freigab. Dann leerfressen, auf die Gegenseite schlendern, leerfressen und die nächste Scheibe drehen ... Aber nicht mit mir! Ich rackelte wild und wütend ächzend an der Maschine herum, dass immerzu alle Scheiben gleichzeitig rasend schnell rotierten! Ich hatte keine Zeit, ich musste an die Leckerlis ran! Sowohl Bonni als auch Molli drehten sanftmütig und artig an den Scheiben, warteten geduldig auf die Fächer ... *Ich* konnte das nicht!

Fette Sau

Ich – beim Tierarzt: Impfen! Weil ich ja ein ganz altes Häschen bin, raste ich grußlos rein und warf mich sogleich strebsam auf die Waage. Da saß ich dann und grinste wie eine Rolle Drops, Mama jedoch machte ein japsendes Geräusch. Die Digitalanzeige, die seit Jahr und Tag stets nur mickrige 7,5 Kilo angab, hatte sich Anfang letzten Jahres auf erwachsene 8,3 Kilo eingependelt. Doch heute zeigte sie (ich wackelte beim Sitzen etwas mit dem Hintern herum) plötzlich zwischen 9,8 und 10,2 Kilogramm! Immer wenn ich 9,8 und 9,9 wog, schlug sich Mami entsetzt die Hand vor den Mund. Immer wenn ich 10,1 und 10,2 wog, fauchte sie: »Lass das!« Der Tierarzt schaute auf sein Karteiblatt und sagte: »Oi, oi, oi …! Satte 1,5 Kilo zugelegt, in nur knapp einem halben Jahr!« Mama konnte nicht reden, sie hatte die Hand vor dem Mund. »Du fette Sau!«, sagte sie schließlich leise. »Komm runter von dieser Schandwaage!« »Na, na, na!«, sagte mein Tierarzt und musste sich das Lachen verbeißen. »So *ganz* von alleine sind die Pfündchen ja aber nun auch nicht auf ihn draufgeflogen, nicht wahr …?« »Ich hab' nichts gemacht!«, sagte Mami entschieden und verschränkte protestierend die Arme. »Es kann natürlich immer auch eine Stoffwechselstörung sein …«, ließ der Arzt freundlich ein. »Aber die Erfahrung hat oft gezeigt, dass es meistens schlicht die Mischung aus zu viel Futter und zu wenig Bewegung war!« Mami ließ betrübt die Arme hängen: »Aber ich habe *wirklich* nichts geändert! Ich habe wohl gesehen, dass seine schöne Taille verschwand und er nach dem Ausziehen der Wintercapes plötzlich eher wie eine junge Leberwurst aussah … und schwerer ist er auch geworden! Einige Leute haben mich sogar gefragt, ob er noch gewachsen sei.« »Ist er ja auch …«, sagte der Tierarzt und notierte sich etwas. »Leider nur in die Breite …« Mama sagte kläglich: »Ich kenne mich doch nicht aus mit Möpsen! Ich dachte, er würde jetzt erwachsen werden und das seien eben Muskeln …« Der Tierarzt musste sich stark um eine wohlsortierte Mimik bemühen: »Es sind nicht *nur* Muskeln! Es ist schon auch etwas frisches Fett dabei …«

Was nun, was tun?! Mami hatte bewusst wirklich nichts geändert. Gut, ich hatte mich im Winter nicht so viel bewegt wie sonst, aber das dürfte höchstens ein knappes Pfündchen ausmachen, hatte der Doc gesagt. Was also war passiert? Sie befolgte den Rat des Tierarztes und untersuchte die Trockenfutterration einmal sehr kritisch. Hier würden sich gerne Überfütterungsfehler einschleichen, weil man das als Konzentrat, was es ja war, oft aus Versehen falsch hoch berechnete. Es sähe im Napf immer so wenig aus, quelle aber im Bauch bis zur dreifachen Menge auf! Mama füllte also den Napf, aus dem sie abends meinen Futterball belud. Diesmal kippte sie ihn auf dem Tresen um und schlug sich schon wieder die Hand vor den Mund: Welche Mengen das waren, ein Riesenberg Trockenfutter lag da vor ihr! »Wie ist das möglich?!«, fragte sie leise jammernd. »Bei diesen Mengen hättest du doch *schon lange* aus dem Anzug gehen müssen!« Und dann fiel es ihr plötzlich ein – *ich* wieder mal! Hatte vor ca. vier Monaten beim Futterballspielen herumrandaliert und dabei erst den einen, dann ein paar Tage später auch noch den anderen Futternapf zertrümmert. So bekamen wir neue Näpfe für unsere kostbaren »Good Dog«-Napfhalter. Und diese hatte sie dann einfach weiter frohgemut »bis zur dritten Rille« aufgefüllt. Kleiner Fehler vom Amt: Die neuen Näpfe waren unten *deutlich* breiter als die alten! Sie schaute mich dicken Unglückswurm streng von oben her an: »Und *du* fette Sau sagst auch nichts! Immer schön die Massen reingeschaufelt! Immer schön ins Pfötchen gelacht! Fress, fress, fress!« Ich legte das Köpfchen schief und dachte: »Hallo?! Ich bin ein Hund, was soll ich machen? Was rein*geht*, das muss auch rein! So lautet das Gesetz …« »*Dann* wundert es mich allerdings auch nicht mehr die Bohne, dass du morgens nicht mehr aufstehen mochtest!«, sagte sie lachend. »Mit einem *solchen* Zementbrocken im Bauch, mag sich wirklich niemand gerne bewegen!« Meine Rede, aber auf mich hörte hier ja keiner …

Nun gab es Diät.

Sie sagte zu mir: »Komm futtern, du kleine fette Sau!«, doch schon nachdem sie mich so zum dritten Mal gerufen hatte, kam ich nicht mehr. Ich lag in meinem Nest und ignorierte sie einfach. Sie musste dann also zu mir kommen, sich runterknien und sich bei mir entschuldigen. Sie sagte: »Es tut mir leid, du kleine fe… süße Figur! Du bist keine fette Sau … Ich bin eine *dumme* Sau, denn ich kann nicht nur nicht rechnen, ich kann auch nicht richtig gucken! Aber ich bringe das wieder für dich in Ordnung, versprochen! Pfötchen drauf?« Na, guuuut … Ich bekam mein normales Frühstück, meine Leckerlis und auch am Nachmittag nach der großen Runde etwas von meinen geliebten Kausachen. Ich sollte allein am Abendbrot sparen, denn da hatte ich mich ja auch fett gefressen, außerdem fand Mami das auch für Tiere biologisch so am effektivsten. Sie zählte ab, wie viele Brekkies ich ungefähr als Dinner verschlungen haben musste, und kam auf erschreckende 220 Stück. »Dass du dabei nur schmächtige 1,5 Kilo zugenommen hast, adelt deinen Stoffwechsel als einen guten und sauberen Verbrenner!«, ächzte sie und legte Mosaike mit meinem Futter auf den Couchtisch. Dabei heraus kamen schließlich vier Reihen mit jeweils zehn Zweiergruppen: Insgesamt blieben so noch 80 Brekkies übrig. Und damit ich nicht traurig wurde und mich nicht ungeliebt oder hungrig fühlte, gab es ein Geschenk dazu: Aufmerksamkeit, Trainieren und mit Balli spielen! Sie holte den blauen Gummiball am Band und schleuderte ihn vom Sofa aus so weit, bis er an der Speisekammertür in der Küche abprallte. Dann rief sie in Saras aufgeregter Manier: »Kallimährroo! Brrienck! Brrienck Ballie! Schnäll!«, und ich raste los und brienckte Ballie! Auf diese Weise, rechnete Mami ehrgeizig aus, bekam ich sogar noch eine zusätzliche Sportration von ca. 500 Metern! Ich schleuderte Balli mit Schmackes vor Mamis Füße, knallte entschlossen meinen Hintern dahinter, drückte die Brust raus und wartete auf meine gerechte Bezahlung …

Aber es war dann seltsamerweise nix mit Bezahlung! Ich sollte nämlich *noch* etwas Neues lernen, damit die Futterzeit schön lange dauerte und richtig schön spannend wurde! (Und damit ich nicht merkte, dass sie mich auf nur ein müdes Drittel gesetzt hatte!) So schnippte sie die Brekkies in kleinen Würfen auf mein Mäulchen und rief begeistert: »Schnappi!« Ich kapierte *sofort*, was hier jetzt zu tun war! Das machte vielleicht einen Spaß! Ich konnte mich sehr gut konzentrieren und meine Koordination war schnell und präzise! Ich starrte hypnotisiert, peilte korrekt an und öffnete schon bald das Mäulchen genau im richtigen Moment! Schnell lag meine Schnappi-Quote bei 75 %. Und wenn das Wetter schön war und sonst nichts anlag, gingen wir noch eine Runde um die nächtlichen Häuserblocks … Zur Verdauungsanregung, ich fand es richtig herrlich, meine Diät! Ich merkte auch nichts davon, außer dass ich morgens wieder viel besser aufstand und sogar unternehmungslustig auf das Morgengassi wartete. Nach bereits ca. zwei Monaten sah ich wieder so rank und schlank aus, wie vorher. Die Züchterin hatte, nach dem Abwischen der üblichen Lachtränen, kritisch gemeint: »Na, bei 9,3 Kilo seien Sie mal schon froh, ich glaube fast nicht, dass er *jetzt* noch mal auf seine mickrigen 8,5 runterkommt!« Aber Mami behielt Recht und die nächste Wiegung, knappe vier Monate nach der Schandwaage, offenbarte stolz: 8,3 Kilogramm! Trotzdem hielt Mami meine Dinnerration bei und fütterte dafür zwischendurch immer mal leckere Häppchen, die vielleicht *nicht ganz* Diät waren. Somit gab es jetzt Leckerlis von in der Sonne getrocknetem Lachs, getrockneter Lachshaut oder auch mal Stückchen von der Käserinde … Oh, ich liebte Käse! »Du bist eine echte Käsetante!«, sagte Mami. »Eine Käsefräse!« Kein Wunder eigentlich, denn der erste Mops in Europa tauchte ja in Holland auf – warum ist nicht mehr festzustellen. Wahrscheinlich geklaut, soweit mal meine Meinung! Also, *ich* könnte mal locker in Tilsit leben … Je stinker, desto mir!

Hängematte

Mami war beim Lidl und hatte der Perser eine Hängematte mitgebracht! Man klemmte sie einfach mit zwei Haken des Tragegestänges an die Heizung. Sie war aus karamellfarbenem Teddyfell und hing mittig schön durch, während sie hinten an der warmen Heizung anlag. Sie sollte, wie ein Stockbett, über meinem Nest unter dem Küchentresen hängen. Kurz: Die Katze hasste sie vom ersten Moment an, war ja klar. Ich hingegen aber gar nicht! Also hängte Mami das hässliche Teil neben den antiken Esstisch an die Heizung. Damit war mal erreicht, dass ich nicht mehr mit ihr um den geringen Platz unter dem Tisch kämpfte. Oder sie mit mir. Ich konnte mich nun, unter zwei Meter neben ihr, in der Hängematte zusammenrollen und herrlich schlummern. Damit hatte ich auch noch einen erhöhten Liegeplatz wie ein echter Chef! Weil ich da aber nun nicht alleine reinkam, stellte Mama als Treppe einen umgedrehten Weidenkorb hin. Ich kapierte sofort, wie man eine Treppe benutzte! »Tragelast nicht über sieben Kilo …!«, las Mami laut vor und sagte dann sarkastisch: »Na ja, wir sehen das dann ja, wenn du dich langsam nach unten hin ausbiegst und dann notgedrungen eben vorne rausrollst …« Ich liebte die Hängematte sofort innig! Manchmal schaute ich lange aus dem Fenster, um mich müde zu machen, darum bekam Mami es auch nicht übers Herz, sie wieder abzubauen. Die hässliche Optik wurmte sie nämlich täglich. »Als hättest du nicht genügend Liegeplätze hier!«, jammerte sie mich an. »Sechs offizielle Nester und fünf bis sieben inoffizielle!« Mir doch egal: Nester konnte man niemals genug haben.

Dann entdeckte die Katze schließlich auch irgendwann den Luxus und machte doch einen auf Stockbett: Sie sprang auf die Fensterbank über der Hängematte und legte sich genau über mich, sogar in dieselbe Richtung blickend. Das sah so dermaßen goldig aus, dass Mami weiterhin weich blieb. Aber wie immer, wenn zwei Brüder zusammenlebten, kam es natürlich irgendwann unweigerlich zu Konkurrenzgerangel. Und so entdeckte die fette Katze plötzlich dann *doch* ihre Lust an der Hängematte und bestieg sie dann auch kurzerhand, auch wenn ich schon drinlag. Fett grinsend stapelte sie sich auf mich drauf. Damit sahen wir zusammen aus wie das größte Crèmetörtchen der Welt! Mami ächzte: »Mädels! Nur noch mal zur Erinnerung: Tragelast nicht über sieben Kilo! Da liegen jetzt ungelogen fast fünfzehn drin. Ich höre es schon quietschen …!« Aber nichts passierte. Manchmal stapelte sich nun die Katze auf mich, manchmal besetzte sie die so schön durch mich eingetragene Hängematte aber auch schon vorher. Ich rollte mich dann eben einfach auf der unter mir nachgebenden Struktur des Weidenkorbes zusammen …

Aber dann kam irgendwann doch der Tag X! Und leider hatte ich es dann auch noch *selber* verbaselt! Ich benutzte nämlich die Treppe nur zum *Reinsteigen*. Wenn mich nun aber ein Impuls anwehte, zum Beispiel die genau absichtlich unter mir laut maunzend gasgebende Perser, dann sprang ich im Delfinbogen voll ins Parkett! Ich sag nur: Männerspagat, aui! Wenn Mami schon *sah*, was gleich passieren würde, nötigte sie mich stets kategorisch erst noch zum umständlichen Benutzen der Treppe. Meistens aber sah sie gar nichts und hörte nur: »Miauz … Platsch! Glitsch! Ächz! Rappel! Bell! Wetz!« Schlecht fand sie das. Und dann kam der Tag, an dem ich an ihr vorbeihumpelte. »Ach, wie ich sehe, arbeitest du an einer juvenilen Schulterarthrose …?!«, sagte sie stinksauer und machte erst mal Dorngymnastik mit mir, um das Gelenk zu repositionieren. Ich humpelte aber dennoch ein paar Tage lang. Mami machte ernsthaftes Treppentraining mit mir. Ich fraß Leckerli um Leckerli, strebte wie ein Streber, aber kaum raste die Perser laut maunzend an der Matte vorbei, sprang ich auch schon wieder geistlos im hohen Bogen ins Parkett! Nach einem solchen Auftritt humpelte ich sogar noch schlimmer als beim ersten Mal und das war es dann mit der Hängematte. Meine Züchterin stand natürlich auch wieder voll auf Mamis Seite: »Tja, wenn er damit nicht umgehen kann und ihm die sittliche Reife fehlt … Selber schuld!« Mist.

Ein Schläfchen in der Hängematte

Von Kampfhunden, Bandscheiben und Flexi-Leinen

Ich gehörte jetzt übrigens auch mit zu den bösen Jungs, denn ich spielte mit den Großen! Ja, ich hatte zwei neue Kumpels, Kampfhunde der B-Klasse, hüstel, Bullterrier. Cool! Ich glaubte die ganze Zeit über echt gruselig auszusehen, so schwarz, muskulös und prächtig zwischen den beiden weißen Kampfmaschinen aus Muskeln und Sehnen. Mami fand dann leider, ich sähe einfach unglaublich mickrig und dabei ziemlich goldig aus zwischen den beiden dicken Kampfklopsen. Mir doch egal. Ich wackelte selbstbewusst zwischen ihnen den Waldweg entlang und versuchte unheimlich cool dabei auszusehen … Lange würde das Glück sowieso nicht währen, so viel war mir schnell klar. Mami mochte eben einfach nur gut erzogene Hunde und gut erzogene Menschen, weil alles andere früher oder später immer Stress machte. Und diese beiden, Eddie und Fiebi, waren alles andere als wohlerzogen, was leider auch für ihr Herrchen galt. Lieb waren sie, unbestreitbar, insbesondere Fiebi war die Gemütsruhe und Verschmustheit selber. Aber Eddie war knapp eins und ein unglaublich agiler und wilder Typ. Leider hatte das durch und durch phlegmatische Herrchen keinerlei Interesse daran, seinen hyperaktiven Kampfhundrüden auch nur mal ansatzweise zu erziehen. Eddie konnte noch nicht mal »Sitz!«, weil Herrchen fand, er sei ja noch so klein und da bräuchte man ja jetzt nicht schon mit anzufangen. Ansonsten hielt er sich aber für einen Hundeversteher und glaubte, er kenne sich mit Hunden, besonders mit Kampfhunden, echt gut aus. Eddie konnte dann aber auch leider nicht von der Leine, obwohl er so wild war und dringend rennen müsste. Weil, so das schwerst hundeverständige Herrchen, er würde *auf keinen Fall* jemals zurückkommen und dann garantiert irgendeinen Scheiß bauen! Mama fragte schlapp: »Und mal das Abrufen trainieren, vielleicht?« Ja, nee, schon klar, aber er habe doch einfach so wenig Zeit. Und der Eddie sei ja auch noch so jung! Mit drei wäre er dann ruhiger und dann wäre auch alles möglich …

In der Zwischenzeit plagte sich der Hundeflüsterer mit seinen kaputten Bandscheiben herum, an deren Marodierung der gute Eddie auch nicht unschuldig war. Das lag daran, dass er ständig voll aus Leibeskräften nach vorne zerrte. Wenn er dann einen Rennkrampf hatte, raste er wie eine wilde Hornisse, unter voller Leinenspannung, minutenlang wie angestochen im Kreis herum. So zwang er seinen Hundeflüsterer dazu, mit ganzem Gewicht in der straffen Leine hängend, sich unsportlich tappelnd um die eigene Mitte zu drehen und aufzupassen nicht hinzufallen. Ungefähr wie ein unsportlicher Hammerwerfer, dem der Hammer plötzlich verrückt geworden war. Und natürlich musste Eddie ständig sein pubertierendes Ego an der guten Fiebi ausprobieren. Und auch dabei wurde er dann ebenfalls an der auf zehn Meter ausgezogenen Leine dirigiert, während er sich nach Leibeskräften japsend im Fichtenhain prügelte. Das fand Mami alles schwerst nervig und auch ich fand es anstrengend, wenn wir alle 200 Meter stehen bleiben mussten, weil Eddie schon wieder einen seiner Krämpfe hatte …

Um der Sache die Krone aufzusetzen, benutzte der Hundeversteher eine verdammte Flexi-Leine. Sie sollte dem hyperaktiven Bullterrier auf Speed einen gewissen Bewegungsfreiraum bieten, weil – so der Hunderversteher – den bräuchte er ja nun mal! Wir Hunde verstanden nicht, warum Menschen, die sowieso schon zu faul waren ihre Hunde zu erziehen, den ganzen Rest der möglichen Ansprache dann auch gleich noch mit in die Tonne kloppten. Das gab sich ganz leicht, indem man das ungezogene Viech auch noch an eine Flexi-Leine hängte. So konnte der außer jeder Führung Befindliche auch noch selbst bestimmen, wie weit er sich jeweils zu entfernen wünschte. So eine Flexi-Leine bot viele Nachteile, wenn man von der Unfallgefahr absah, die durch ihre relative Unsichtbarkeit hervorgerufen wurde. Wie auch von der Verletzungsgefahr durch Schnüren, Wickeln und Vorbeischurren. Sozialisierte Hunde würden niemals Flexi-Leinen kaufen und waren davon genauso genervt wie sozialisierte Menschen, einfach auch weil sie den Teamgedanken zerstörten. Für uns sozialisierte Hunde ist Leinengehen so, wie es für Kinder ist, an der Hand zu gehen. Viele von uns liebten es sehr, so dass wir fast automatisch bei Fuß gingen. So eine Flexi-Leine hingegen erzeugte die Illusion, der Hund sei frei und könne machen, was er wolle. Damit war sie nichts Halbes und noch weniger etwas Ganzes, nicht mal ein Kompromiss. Und für unerzogene Hunde war sie reines Gift, weil es keine klaren Kommandos gab. Uns sozialisierten

Hunden war klar: Hunde gingen ruhig an relativ kurzen Leinen und Köter zerrten an voll ausgezogenen Flexis …

Und dieser entfesselte Köter Eddie zerrte nun unablässig von rechts nach links, während der steifbeinige, an den Bandscheiben geschädigte Hundeversteher unter ständigem Allen-den-Weg-Abschneiden immerzu hektisch hinter seinem Köter hertappelte. »Tschulligung! Tschulligung!« Alle waren total genervt! Fiebi musste aufpassen, dass sie nicht gefesselt und gerempelt wurde, ich musste aufpassen, dass ich nicht stranguliert oder umgerannt wurde und Mami musste aufpassen, dass sie sich nicht verhedderte und dann auf die Schnauze fiel! Durch das ganze Chaos peste angestrengt schwerfällig immer wieder der Hundeversteher mit seinem devoten »Tschulligung, Tschulligung!«… »Reicht schon wieder!«, sagte Mami mit engem Mund, als wir dann nach der doppelten Zeit als üblich endlich erschöpft am Auto waren.

Waldis Revival

Wie wir neulich im Kreis auf der Wiese standen, kam es zu einem seltsamen Déjà-vu. Da standen ja auch immer mal wieder Leute mit rum, die man vorher da noch nie gesehen hatte, die neu hier waren, zu Besuch oder rein zufällig nur vorbeigekommen … Eine von diesen Unbekannten war eine Frau unbestimmbaren Alters. Sie war klein, mager und hatte eine sehr schlechte Haltung. Ihre strohigen Haare waren in einem sonderbaren Dottergelb gefärbt, was über dem grob zerfurchten Gesicht sehr merkwürdig aussah. Sie trug ein zu großes pinkfarbenes Fleece, faltige Jeans und riesige pinkfarbene Plastikclogs. Das sah zu den gelben Haaren, dem zerfurchten Gesicht und der schlechten Haltung alles umso sonderbarer aus. Sie hatte ein stilles Lächeln mit erstaunlich blauen Augen und wirkte scheu, aber freundlich. Sie sprach mit niemandem und es war nicht ersichtlich, ob sie jemanden begleitete, nur so herumstand oder ob irgendwo noch ein Hund war, der zu ihr gehörte. Auf einmal hob sie den Kopf und rief suchend: »Waldäääh …?« Mama zuckte zusammen und sah die verhutzelte Figur im faltigen Pink etwas schärfer an, aber es stellte sich kein Wiedererkennen ein. Es knaspelte im Gebüsch und herausgeschossen kam ein sehr niedlicher, grinsender, junger … Dackel! Mama stand der Mund offen und sie beäugte die pinkfarbene Hutzelfigur noch schärfer. Konnte sie es denn *wirklich* sein?! Das Herrchen neben ihr bemerkte Mamis Fassungslosigkeit und sagte mit undefinierbarem Gesichtsausdruck leise: »Ja, darf ich vorstellen: Das ist Waldi, äh, drei … oder vier …? Ich fürchte, ich habe den Überblick verloren …« Das Gefühl hatte Mami dann auch gerade.

Auf dem Nachhauseweg trafen wir wieder mal meine zwei kleinen Freundinnen und nahmen sie kurzerhand mit nach Hause. Natürlich erst, nachdem beide nacheinander rückwärts und laut quiekend im Straßendreck gelegen hatten, mit mir knutschendem Chefwürmchen obendrauf! Da zu Hause ging es dann aber ab, das hätte man nicht geglaubt, wäre man nicht live mit dabei gewesen! Die Mädchen hatten natürlich sofort raus, wie man »Piek, du bist's!« richtig spielte und rasten minutenlang wie angestochen quiekend im Kreis herum. Hinter ihnen her und ihnen stets dicht auf den Fersen: ein auf Kakaduisch laut kreischender Mops im Schweinsgalopp! Ich erwischte sie aber, weil sie auf dem glatten Parkett mit ihren Sockfüßen, gerade in den Kurven, Tempo verloren! Mama spielte Mama und schmetterte: »Alle kleinen Schmetterlinge ziehen fix die Söckchen aus, damit sie nicht auf ihre süßen Fressen fliegen!« Da hatte ich sie dann erwischt, weil sie vor Lachen nicht mehr laufen konnten. Auf ihren feuchten Füßen hatten sie Heimvorteil, da schaltete ich dann lieber auf „Terrormodus“ um. Ich klaute ihnen einfach eine Socke und haute triumphierend damit ab. Und schon jagten sie *mich!* Was für ein Spaß! Ich schaffte es wirklich, mir nacheinander drei Socken zu klauen und sie mir nach viel Geknurre, Gezerre und Beutegeschüttel wieder abjagen zu lassen. Das Ergebnis: eine Kindersocke in Größe 35 und drei Kurzstrümpfe in Größe 38, aber lassen wir das jetzt! Nach einer kleinen Pause ging es in die nächste Runde. Sie waren mir haushoch überlegen, weil sie in den Kurven nicht mehr wegrutschten, also wechselte ich unterwegs immer mal plötzlich die Fahrtrichtung und kam ihnen dann plötzlich mit aufgerissenem Mäulchen lachend entgegen! Was war das wieder für ein Spaß!

Große Hunde

Mami sagte immerzu, dass ich ihr großer, kleiner Lehrmeister sei, denn sie würde durch mich *so vieles* über Hunde, Menschen, das Leben und auch über sich selber lernen. Ihr wäre zum Beispiel aufgefallen, wie hochsozial wir Hunde seien. Wann immer eine Gruppe zusammen sei und es käme ein Neuer angelatscht, löste sich aus der Gruppe nämlich einer heraus, der den Ankömmling auf Ungefährlichkeit checkte. Ich gehörte ja zu den Palasthunden mit einem tiefen Sinn für Doggykette und würde zum Beispiel niemals eine Party so einfach stürmen. Ich blieb immer so lange pfötelnd am Rand des Geschehens stehen und wartete, bis ich meinen Unbedenklichkeitscheck bekommen hatte. Wenn man den hatte, konnte man sich problemlos nähern, denn das Knäuel wusste ja: »Die Type ist sauber!« Dann kamen die meisten anderen auch mal zum Schnüffeln rüber, rein aus Interesse. Hunde konnten eben nicht lügen. Wenn sie stinkig waren, konnte man das deutlich riechen, genauso wenn sie auf Stunk aus waren. Die meisten Hunde waren aber doch sehr cool und ließen sich unbedenklich gerne auschecken. Aber es gab auch solche, die nur schnell eine Probe nahmen und dann komisch wurden, wenn man an ihnen auch mal kurz schnüffeln wollte … Ich sag nur: besser die Pfoten weg.

Wir Hunde rechneten ja zum Beispiel auch nie in »großer Hund« und »kleiner Hund«, solche Dimensionen waren uns völlig fremd. Wir rechneten immer nur in

»selbstsicherer Hund« und »unsicherer Hund«. Selbstsichere Hunde rochen entspannt und benahmen sich auch so, sie wollten keinen Streit und verhielten sich zumeist deeskalierend. Sie gingen nicht auf alles ein und ignorierten einfach, was sie nervte. Manchmal splitteten sie dann auch mal zwischen Hunden, die blöd miteinander rumdiskutierten, wer wohl der Tollste von den beiden sei … Unsichere Hunde dagegen neigten öfter zum Stänkern, weil sie sich schnell mal blöd angeschnüffelt fühlten. Sie waren auch schneller aggressiv, weil sie aus ihrer Unsicherheit heraus Situationen nicht richtig einschätzen konnten und Ärger vermuteten, wo gar keiner war. Somit konnte man sagen, dass auch kleinwüchsige Hunde (also solche wie ich) überall wie »große Hunde« behandelt wurden, wenn sie sich auf ihren kurzen Beinen selbstsicher benahmen. Dann wurden sie von all den großwüchsigen Hunden wie einer ihresgleichen behandelt, durften sich sogar ein paar charmante Frechheiten rausnehmen, Bodychecks machen, auch mal rempeln, die Pfote im Spiel anlegen, um die Beute kämpfen, mitmachen, mitrangeln, mitbellen … Wenn Hunde, egal ob klein- oder großwüchsig, sich aber klein benahmen, konnte es gut sein, dass sie mal Ärger bekamen, dass sie ausgegrenzt oder gemobbt wurden – oder eben dann auch hart gemaßregelt.

Und wenn dann ein Toypudel mit Größenwahn von einem Deutschen Schäferhund gemaßregelt wurde, konnte das für ahnungslose Zuschauer auch schon mal recht erschreckend aussehen! Dann fing ja meistens sofort das Geschrei an (also von Seiten der Toypudelhalter): Bestie und Maulkorb und Anzeige und Hundeschule und nicht erzogen und gemeingefährlich!

»Es schreien immer dieselben rum …«, sagte ich mir dann immer. Das waren nämlich die, welche sich weder mit Hunden allgemein noch mit der Rasse und schon gar nicht mit dem Charakter und den Bedürfnissen ihres eigenen Hundes auskannten … Sondern die, deren eigener Hund nicht das kleinste bisschen erzogen war. Und dann hing Tuppi zähnefletschend und bellend in der Leine und es hieß nur: »Ja, Tuppi, was bellst du denn schon wieder? Der tut dir doch nichts! Guck mal, der geht hier nur spazieren.« Wenn man denen sagte, dass Tuppi dringend Erziehung bräuchte, weil er dächte, er sei hier Chef, dann lachten sich die Menschen schief, *wie blöd* man eigentlich sei! Und Tuppi wisse *ganz genau,* dass er nicht der Chef sei! Wie lächerlich: 2,9 Kilo, pinkfarbenes Glitzergeschirr, Haarspängchen und dann auch noch Chef sein wollen?! Tja, die Leute, die sich null auskannten, waren dann eben leider auch immer genau die, die dann herumschrien. Und auch diejenigen, die mit ungebetenen Erziehungsratschlägen auf der Wiese nie sparsam waren! Euch kann ich es ja sagen: Tuppi hatte keine Ahnung! Und weil keiner ihm zeigte, dass er eben hier *nicht* das Sagen hatte, sondern dass er sich hübsch entspannen durfte, gab er eben den Chef. Notgedrungen! Weil von Seiten der Zweibeiner keine Zeichen echter Stärke kamen, denen man sich als Wolfsabkömmling gerne unterstellen und anvertrauen würde! Das hatte weit weniger mit Dominanz und Macht zu tun, als sich Menschen das immer vorstellten, sondern mit schlichter Logik: *Einer musste den verdammten Job eben machen!* Und darum hieß es unter Wölfen: Der Selbstsicherste führte alle anderen, die ihm dann gerne folgten! Und diese anderen verbrachten wiederum einen Teil ihrer Zeit damit, zu checken, ob die ganze Selbstsicherheit wirklich noch intakt war und ob es auch immer noch zum Chef-sein reichte … Das war Wolfshumor! Den beherrschten Rüden genau wie Weibchen, sogar Frischlinge wussten schon sehr bald darum. Und es beherzigten tagtäglich Pekinesen ebenso wie Labradore und Möpse genauso wie Pitbulls!

Dann konnte es eben passieren, dass gewisse Möpse (Ähnlichkeiten sind rein zufällig und garantiert nicht beabsichtigt) an gewissen Tagen dann aus Versehen schon auch mal als Erste durch die Tür ins Treppenhaus gelatscht waren, nur mal gucken, verschämter Schulter-blick inklusive. Das war doch so eines unser absoluten Lieblingsspielchen: das große Was-passiert-dann-Spiel! Wenn dann nämlich der Chef nicht *sofort* sein Recht einforderte, als Erster durch die Tür gehen zu dürfen und mich *nicht* zurückbeorderte, ging der Punkt an mich! Und ich machte an dieser Stelle dann auch gleich weiter! So ging ich dann in den Fahrstuhl auch immer schon mal ganz gerne vor … Wenn hier wieder nichts passierte, quetschte ich mich neben dem Chef aus der großen Tür und kreuzte dann seine Bahn (Dominanzgeste). Wenn *jetzt* dann nicht endlich was kam, konnte der Chef für heute mal ganz klar einpacken! Ich kam dann garantiert nicht beim ersten Abrufen angelatscht und verschwand auch immer wieder gerne ganz aus der Sicht …

All dies Gehabe und Gewese sah für die Menschen, die sich mit uns Wölfen nicht auskannten, immer so harmlos und ganz beiläufig aus. Aber die konnten sich alle merken: Bei Wölfen gab es *niemals* Zufälle, das war alles immer *genau so* von langer Pfote geplant! Um zu checken, ob die Regeln noch galten! Um zu checken, ob mein Rudelführer es immer noch brachte! Na ja und auch weil es mir als Rüde eben auch einfach Spaß machte, immer mal wieder spielerisch zu gucken, ob ich nicht ein Treppchen höher kommen konnte …! Wenn die Regeln dann wieder klargestellt waren, immer in der gleichen Art, immer an der gleichen Stelle, so unaufgeregt wie möglich, dann war meine kleine Welt wieder in Ordnung. Auch wenn ich das Spielchen eigentlich ja verloren hatte. In Wahrheit hatte ich dann nämlich auch etwas gewonnen, nämlich meine Sicherheit! Und dafür, dass mein Herrchen mich mal zu Recht zusammenschiss, hing ich sehr an ihm: Er war sehr berechenbar und absolut fair! Und was meine Mami anging: Sie war meistens sehr souverän. Das half mir sie einzuordnen, zu respektieren und auch zu lieben. Sie stritt kaum mit mir, brüllte fast nie (was wir Hunde als Kontrollverlust deuteten und sehr ungut fanden), wenn ich nicht mitmachte, antwortete sie sofort auf Wolfsart: ebenfalls mit Ignoranz. Sie ging weg, rief nicht nach mir, schaute sich nicht mehr um und sie ignorierte sogar mein dann wieder irgendwann einsetzendes gutes Benehmen. Kurz: Ich und mein ganzes Gehabe waren ihr schnurzegal! Nach einer Weile im leckerlilosen Schatten der Unsichtbarkeit war ich es dann spätestens mächtig leid und wünschte mir nur noch meine kleine, heile Welt zurück!

Mops-Wrap, nach Art des Hauses

Kuhfänger

Am 1.7. war es wieder so weit, Calimero hatte Geburtstag! Und das bedeutete: Ich bekam wieder meinen Steckerlfisch! Dieses Jahr nahm ich es richtig ernst mit der Vorbereitung auf dieses kulinarische Erlebnis! Ich trainierte meine Salzkarenz, damit ich nicht wieder zwischendurch was trinken gehen musste. Diese schmerzvolle Verzögerung zu vermeiden, bekam ich saubere Vorlage: Mamas gutgläubige Schlamperei, die natürlich nichts von meinem ehrgeizigen Trainingsprogramm ahnte. Da stand nun die Schüssel mit der Thunfischcrème, würzig und salzig, warum auch immer sie auf dem Couchtisch stand. Das Gesetz sagte: kein Chef hier, keiner sonst erhob Anspruch darauf, die Beute war frei! Es war nun mal so: Wenn der Hund plötzlich eine Sieben würfelte, wollte er den Würfel auch lieber gar nicht erst so genau ansehen! Daher stellte auch ich jetzt keine unnötigen Fragen, es funktionierte sowieso wie ein Magnet: Die Crème war der Nordpol und meine Zunge war der Südpol. Ich trainierte eisern: eine knappe Tasse voll Thunfisch, Öl, Schafskäse, Fett, Kapern, Salzsud, Knoblauch, Zwiebeln, Chilis, Spitzpaprika, Orangenschale, Kräutersalz, Rosmarin, Pfeffer und italienischen Kräutern … Mein Geburtstag fing also schon ganz herrlich an! Nein, nicht mit Sprühkacke, die kriegte ich doch immer nur vom Hundefutter …

Heute musste ich es wieder mal feststellen: Meine Güte, manchmal sind Menschen aber wirklich doof! Mami hatte sich in dieser Hinsicht stark vermopst und ignorierte es so weit sie konnte. Wenn es jedoch so *dermaßen doof* war, dass sie einfach was dazu sagen *musste,* wollte sie zumindest noch ihren Spaß dabei haben, sagte sie neulich mal zu mir. Sie machte ja immer noch emsig Halsbänder für mich und hatte von Sara neulich eine tolle Idee bekommen. Diese hatte nämlich eine Bekannte auf ihr spezielles Mopsgeschirr aus Amerika angesprochen: Es wurde wie ein BH angezogen, die Beinchen durchgesteckt und am Rücken geschlossen. Es drückte, quoll oder zerrte damit nirgendwo, der Hals blieb vollkommen frei. Mami machte sich ein Schnittmuster und baute mir das in Kuhfell nach. »Es heißt Bonanza!«, sagte sie stolz. »Komm, zieh deinen Kuhfell-BH an, wir gehen raus!« Trug sich gut der Fummel und glatt wurden wir auch schon überall drauf angesprochen: »Cooles Geschirr!« Und: »Sieht echt lässig aus!«

Eine Frau im Wald schoss dann aber den Vogel ab: »Ist das denn auch aus, hi, hi, hi, Mopsfell gemacht?« Mami sagte todernst: »Ja, gut erkannt! Das ist der Rest von seiner armen Mutter Letizia. Die wurde von einem Mähdrescher direkt vor unseren Augen zerfetzt! Was von ihr übrig war, haben wir aus den Messern gekratzt, es war natürlich nicht mehr viel, wie Sie sich vorstellen können! Dann habe ich Letizia bei Umluft im Backofen gegerbt und zu einem Hunde-BH verarbeitet. So kann er seine Mami immer bei sich tragen, ist das nicht nett …? Müssen Sie sonst noch etwas dazu wissen …?« Musste sie nicht. Sie war nämlich vollkommen damit beschäftigt, den Brechreiz zu unterdrücken.

Eine andere Frau krähte ein anderes Mal: »Oh, das ist

ja *Kuhfell!* Wo kommt *das* denn her?« Mami sagte wieder todernst: »Möpse sind ja sehr harte Jagdhunde! Was nur wenige wissen, aber sie sind vor 3.000 Jahren auf das Erlegen von Paarhufern gezüchtet worden. Dieses Erbe ist noch sehr aktiv und daher muss man sie ca. alle drei Monate mal im Rudel zum Jagen loslassen. Die flippen ihnen sonst irgendwann völlig aus! Meistens erlegen sie auf der Alm dann gemeinsam eine Kuh. Die teilen wir dann unter uns Besitzern auf und verfüttern das Fleisch jeweils roh an die Möpse. Das heißt ‚Sharpening‘ und das macht man so, damit die Tiere für die Jagd scharf bleiben, verstehen Sie? Und aus dem Fell gibt es dann für jeden ein paar schicke Accessoires. Diesmal waren es BHs. Müssen Sie sonst noch etwas dazu wissen …?« Musste sie nicht. Sie war vollkommen damit beschäftigt, den Fluchtimpuls zu unterdrücken.

Überhaupt: Unsere Halsbänder haben schon so manches Mal nebenbei für Spaß gesorgt. Zum Beispiel das eine aus breitem Kunstnappaimitat mit dem fetten Strassschriftzug »FUCK«. Mami sagte lakonisch: »Das Halsband für alle Lebenslagen, insbesondere für die der drei Pubertäten!« Mami stand vor der Hecke und plärrte nach einem gewissen »Callliiimeeerrrooo!« Ich sagte dazu nur gleichgültig: »Puppe, lies einfach mal mein Halsband!« Ah …

Ein anderes schwarzes, aus breitem weichem Filz, trug mit Silberbordüre den kräftigen Namenszug »PUNK«. »Das Halsband für alle Fälle von extern einwirkender Ignoranz und Blödheit!«, soweit Mami zu diesem schrägen Fummel! Sie wurde nämlich immer wieder gefragt:

»Was für eine Rasse ist denn der? Wie alt ist denn der? Wie heißt denn der?« Mami hatte keine Ahnung, was Fremde mit diesen Informationen überhaupt immer anzufangen gedachten und fand solche Gespräche mühsam und unnütz. Auch die interessierte Nachfrage, was der jeweilige Passant mit dem Alter ihres Hundes nun anzufangen gedächte, führte nur zu glasigen Blicken. Die noch einigermaßen zielführendste Antwort hatte dazu mal gelautet: »Damit ich sein Verhalten einschätzen kann.« Mami hatte aber beschlossen gehabt, dass sie dazu nicht noch mehr wissen musste. Am Anfang hatte sie dann noch den Fehler gemacht und wahrheitsgemäß geantwortet. Das führte dann unter anderem dazu, dass wir ein paar hyperaktiven Schulkindern immer ausweichen mussten, die leider meinen geschätzten Namen kannten – und über alle Straßen hinweg auch benutzten. Außerdem war da dann noch eine Nachbarin, die jedes Mal vom Fahrrad aus bei meiner Sichtbarwerdung plärrte: »Ja, Kaaallliiimääähhhrrrooohhh!« Und ich gab dann spontan Gas, um schnell über die Straße zu laufen. Mami redete sich den Mund fusselig, die Nachbarin solle doch bitte *endlich* damit aufhören, den Calimero auf der Straße abzurufen, aber es hörte nicht auf. Das Ergebnis war nur der uns schon bestens bekannte glasige Blick …

Darum trainierte sie mich außerdem, draußen auf meinen Namen *überhaupt* nicht mehr zu hören. Selbst dann nicht, wenn sie ihn selber rief. Das Kommando hieß alleinig: »Go!« Bei Namensnennung hatte ich mich hinzusetzen und abzuwarten, was noch so geliefert wurde. Damit hebelte sie dann schließlich den Großteil solcher

Zufallsabrufungen draußen aus. Auch wenn meine beiden kleinen Freundinnen mich mal sahen, brüllten sie von der anderen Straßenseite natürlich begeistert meinen Namen! Um keine blöden Diskussionen mehr zu haben, warum sie meinen Namen Fremden jetzt nicht preisgeben wollte, behauptete Mami seitdem ungerührt ich hieße »Punk« und deutete auf das fette Halsband. Das fanden die Leute lustig und sehr passend, warum auch immer. Wenn nun irgendwelche losen Bekanntschaften irgendwo an irgendwelchen Straßen herumstanden und »Punk! Puuu-hhhunk!« brüllten, latschte ich einfach ungerührt weiter. *Den* Typen kannte ich nicht!

Hellseher?!

Mir fiel gerade auf der Hundewiese immer wieder auf: Menschen dachten scheinbar, Hunde könnten hellsehen … Das war zwar irgendwie ziemlich schmeichelhaft, aber leider auch ziemlich falsch. Hunde konnten nicht hellsehen! Das bemerkte man schon daran, dass sie ständig, überall und immerzu irgendwelche Leckerlis vermuteten, aber dann waren es doch zumeist nur irgendwelche Schlüssel, Taschentücher oder Feuerzeuge … Aber wo man auch hinsah, es standen überall irgendwelche hundelose Leute mit leerer Leine in der Hand herum und grölten genervt Sachen wie »Beeellaaa« oder »Piiinooo« oder »Tuuuppiiieee«. Dass da im Normalfall dann relativ wenig drauf passierte, störte sie scheinbar nicht. Im Zweifelsfall setzten sie zumeist einfach die Lautstärke rauf und zogen die Vokale noch länger: »Beeeellaaaa!« Oder: »Piiieeenoooo!« Oder: »Tupppiiieeehhh!« Da tat sich dann aber zumeist auch nicht so richtig viel. War doch auch logisch! Was sollte so ein Hund denn bitte auch denken, wenn er gerade mit der Nase voll in einer faszinierenden Ausdünstung steckte und da hinten stand irgendein Hein und brüllte Namen vor sich hin! »Ja, ich heiße auch Tuuuppiiieeeh!«, dachte Tuppi sich dann und nahm noch eine satte Nase voll. »Und?« Das ist der Punkt: **Und?** Den Namen eines Hundes zu rufen und sich einzubilden, der wisse dann schon, was er jetzt *damit* zu assoziieren hatte, war doch eine totale Überforderung canider Denkmuster. Auch weil es ein menschlicher Denkfehler war! Wenn Figlio Benjamin so gerufen wurde, während er mit dem Finger versonnen in der Hinterlassenschaft einer meiner Kumpels rührte, würde er es durch Wiederholungen irgendwann wohl gelernt haben. Er hätte mittlerweile dann kapiert, dass es sich bei dem genervten »Bännjaamiieehn!« aus zwölf Meter Luftlinie wahrscheinlich um eine Verhaltensaufforderung handelte. Die Interpretation und die Verantwortung der korrekten Entschlüsselung blieben aber rücksichtslos alleinig beim ahnungslosen Kind hängen, obwohl *sein Erzeuger* das Anliegen hatte! Dieser war einfach zu faul zum Nachdenken und dann gleich auch noch mal zu träge, seine Bitte respektvoll in einen ganzen Satz zu stecken. Und der hieß dann: »Benjamin!« (Adresse), »Komm bitte her!« (Aufforderung), »Wir wollen jetzt los!« (Begründung).

Die Begründung kann man sich bei Tuppi schenken, das wissen aber viele auch offensichtlich nicht. »Tup-pii! Wir müssen jetzt lo-hos! Ich hab dir doch ge-sa-hagt, dass wir die Bahn um 20 nach nehmen müssen, weil der Manfred sonst zu spät kommt! Tuppi, komm doch, ich hab den Mantel schon a-han!« Tja. Aber ganz ehrlich mal, wenn es schon in der Erziehung von Kindern nicht respektvoll und logisch zuging, wie sollte es da dann erst mit einer ganz anderen Lebensform funktionieren?! Wenn Herrchen plärrte: »Tuppiiieehh!«, dann konnte Tuppi, wie zuvor Benjamin, sich jetzt frei aussuchen, was das jetzt wohl zu bedeuten hatte. Ob es hieß, sie solle ihre jeweilige (ihr völlig angemessen vorkommende Aktion) sofort unterbrechen …? Oder bedeutete es, sie solle den Chef rauskehren und irgendwas verteidigen …? Oder sollte

sie jetzt einfach nur kommen …? Oder sollte sie etwas
von ihrer aktuellen Beute apportieren und vorlegen …?
Oder sollte sie einfach nur mal kurz hochgucken …? Es
blieb immer ihr selber überlassen. Viele Hunde kamen
dann im Zweifelsfall eben einfach mal kurz rüber, auch
um Schaden von sich abzuhalten. Aber sie lebten mit
reinen Zufallstreffern und erhielten niemals die Art von
Handlungssicherheit, die sie so sehr liebten: das Richtige
zu tun, weil sie es einfach mochten, das Richtige zu tun!
Und dafür dann auch wieder zurückgemocht zu werden.
Dafür sind sich Hunde niemals zu schade, denn wir sind
stolz darauf, ein guter Hund zu sein!

Lustig wurde es für uns gut erzogene Hunde immer dann,
wenn die sogenannten »Schreinamen« ins Spiel kamen!
Man wusste schon oft, wenn man nur den Namen hörte,
wes Geistes Kind dieser Hund (und sein Herrchen!) war.
Was man natürlich *nicht* wusste, war, ob dieser Mensch
instinktiv das wahre Wesen dieses Hundes erkannt hatte
oder ob er sich erst mit *diesem* Namen in so ein ungezoge-
nes Biest verwandelt hatte! Wann immer man Leute mit
leerer Leine Namen brüllend auf dem Weg stehen sah,
konnte man ziemlich genau voraussagen, ob das zugehö-
rige Tier gleich erscheinen würde oder eher nicht. Und
auch ob auf der Wiese dann gleich Ärger zu erwarten
war. Hörte man: »Lady!«, konnte man sich sicher sein,
dass sie gleich kam und sich eher geschmeidig aufführen
würde. Ähnlich waren: Kobi, Dolce, Jean-Paul, Chubby,
Fraulein Lieschen, Frau Maier, Tootsie, LouLou, Bella,
Kea und Calimero … Hörte man hingegen: Packo, Tito,
Flocke, Hasso, Jacky, Spike, Buddy, Rocco, Rocki und

Taifun, da wusste man schon schneller Bescheid, als einem lieb war! Diese Namen waren scheinbar schon dazu gemacht, um gebrüllt zu werden! Die schlimmsten unter ihnen schienen immer Packo, Hasso, Rocki, Buddy und Spike zu sein, ich habe, glaube ich, noch nie gehört, dass diese Namen irgendwo mal in ganz normaler Lautstärke ausgesprochen wurden …!

Tölzer Bluthund

Es hieß ja immer in irgendwelchen Hundebüchern, es gäbe die sogenannte »Ein-Sekunden-Regel«. Das bedeutete: Etwas, was an- oder abtrainiert werden sollte, musste immer innerhalb einer Sekunde beantwortet werden: positiv oder negativ. Sonst würde es sich nicht verankern. Weil wir wohl, nach Annahme gewisser Autoren, ziemlich dämlich waren und unser Kurzzeitgedächtnis wie das einer Essigfliege beschaffen sei. Wenn ihr *mich* dazu mal fragt: Das ist alles totaler Menschenmurks! Wenn ich, nicht dass wir das hier schon mal erlebt hätten, rein theoretisch gesprochen, nun eine Käse-Schinken-Brezel, die mir nachweislich *nicht* gehört hatte, in Mamis Abwesenheit gefressen hätte … Und sie stieße dann beim Heimkommen auf die weit verstreuten Leichenteile derselben … Und sie würde nun verärgert unter Nennung meines Namens ihre Stimme erheben … Dann wüsste ich aber mal *ganz genau,* was die Brezel hier gerade geschlagen hatte! Auch dann, wenn sie sich schon im Dickdarm bei mir um die zweite Kurve schob! Richtig war, dass beim Lernen eine gewisse Unmittelbarkeit zwischen Ursache und Effekt hergestellt werden musste. Falsch war, dass Hunde hirntechnisch wie Essigfliegen funktionierten.

Mami hatte hierzu neulich dann eine erstaunliche Erkenntnis, erstaunlich für einen Menschen wohlgemerkt. Es ging, natürlich, mal wieder um Beute … Und zwar waren wir Pfingsten wieder in Tölz auf den Rosentagen gewesen. Da kannte ich mich ja aus, war schon ein altes Häschen in dem Geschäft. Und ich verhielt mich, wie es meiner Natur gemäß war: vollkommen logisch! Und obwohl Menschen sich für so streng rational hielten, kamen wir da irgendwie aber nicht zusammen. Mami war sogar außer gestresst dann nur noch genervt und am Schluss sogar richtiggehend angepestet. Sie bemerkte allerdings nur, dass ich in einem steten Wechsel zwischen Zerren und Bocken war … Erst als der ganze Spuk sich aufgelöst hatte, fing sie dann mal das Denken an und kam tatsächlich auch zu den richtigen Schlüssen.

Was immer es ist, ich war es bestimmt nicht!

Menschen waren ja genauso wilde, etwas sozialisierte Tiere wie wir: Es ging doch immer irgendwie um Beute, um Ressourcen, um Energie! Kein Wolf tat jemals etwas ohne Aussicht auf ein sicheres Repayment seiner Investition! Er würde zum Beispiel niemals auf den Äckern mit seinem Kumpel einfach mal gucken, ob er nicht eine appetitliche Kröte fand, die er unterwegs snacken konnte … Oder ob nicht ein paar leckere Häschen zufällig da rumsaßen und nur drauf warteten, von ihm gefressen zu werden … Die ach so schlauen und rationalen Menschen gingen aber oftmals genauso vor, liefen meistens ungeplant und kopflos in der Gegend herum, nahmen lauter ungerade, unvernünftige, geschlungene und schwerst unlogische Wege …

Mami hätte ja in Tölz nur *einmal* richtig nachdenken müssen, was wohl *mein* Anliegen auf dieser Veranstaltung sein könnte! Preisgekrönte Rosen anpinkeln? Tönerne Schwimmtierchen in alten Zinkwannen versenken? Hässliche Blumenbilder umstoßen? Geschmacklose Tischdecken runterreißen? Nein. Ganz sicher nicht. Und ich war auch nicht mit, was jedenfalls mal *meine* Motive anging, um einfach nur dabei zu sein oder um eine gute Figur neben Mamis guter Figur zu machen! *Ich* wusste ja, dass es hier immer gleich endete: mit einem Steckerlfisch! Und *den* konnte ich dann bereits deutlich riechen, als wir hinten zum Barockgarten da reinschneiten. Wie es nur wieder passte: Ich ohne Frühstück und hier gab es mein Leibgericht! So erlebte Mami etwas scheinbar Mysteriöses, was sie erst viel später kapierte. Nämlich dass ich auf den gesamten Budenbahnen Richtung Friedhof komplett bockte und schwer nach hinten durchhing wie

mit Blei im Hintern. Und dass ich dann aber die Budenbahnen in Richtung Kloster emsigst nach vorne trieb,
ungefähr wie ein Heliumballon im Sturm. Mami lachte
sich beim Fischessen schließlich schief, nachdem sie das
Rätsel dann *endlich* aufgelöst hatte. Kurz: Die Gänge
»Richtung Friedhof« bewegten sich alle von der Steckerlfischbude *weg* = SCHLECHT. Die Gänge in »Richtung
Kloster« bewegten sich alle auf die Steckerlfischbude *zu*
= GUT. An mir war also ein prima Bluthund verloren
gegangen, denn ich vergaß auf dem ganzen riesigen Ge-
lände über fast zwei Stunden lang nicht einen einzigen
Moment lang die Leichenspur meiner gegrillten Mak-
rele …!

Der findet schon allein nach Hause

Neulich gab es eine atemlose Krise mit meinen beiden Mädchenfreundinnen. Sie hatten nach einer wilden Hatz bei uns zu Hause gebettelt, mal mit mir alleine Gassi gehen zu dürfen. Begeistert war Mami davon nicht, konnte aber nicht genau sagen warum eigentlich nicht. Das eine Mädchen war gerade dreizehn geworden, rechtlich war es also in Ordnung und dirigieren konnte sie mich braves Zwergerl auch. Viele Hundebesitzer wussten scheinbar überhaupt nicht, dass es sogar gesetzlich verboten war, ein Kind unter zwölf Jahren mit einem Hund alleine auf die Straße zu lassen. Und wenn man dann noch manchmal sah, wie eine schmächtige Neunjährige hinter einem mit aller Kraft an der Leine nach vorne strebenden Labrador herstolperte, da wollte man dann immer gar nicht dabei gewesen sein, wenn der dann auf einen kapitalen Schäferhund traf. Oder die Liebe seines Lebens gerade auf der anderen Straßenseite entdeckte! Sie bettelten und bettelten und Mami gab schließlich, irgendwie nicht ganz glücklich, nach und erinnerte sich, dass sie ja alle Telefonnummern und Adressen hatte. Die Regeln lauteten: »Nirgendwo hineingehen! Nicht nach Hause gehen! Nicht auf die Hundewiese gehen! Nur hier im Wohnblock bleiben! Nicht an der Leine zu anderen Hunden gehen! Nicht von der Leine lassen! Um 18 Uhr wieder hier sein, weil dann Besuch kommt!« Die Antwort lautete: »Ja, ja, ja!« Dann zogen sie rennend mit mir ab. Mutti hatte immer noch so ein komisches Gefühl und schalt sich die ganze Zeit deswegen als doofe alte Tante …

Es wurde sechs: Nichts passierte. Der erste Besucher kam: Nichts passierte. Sie rief schließlich erst am einen und dann am anderen Handy an: Es klingelte ins Leere und nichts weiter passierte. Jetzt war Mami schon ziemlich mit den Nerven durch und ihre Freundin beruhigte sie, es würde schon nichts passiert sein … Das Telefon klingelte irgendwann, endlich! Eines der Mädchen schnatterte sofort aufgeregt und schluchzend los: »Wir sind bei Chiara! Ihre Mutter hat uns an der Hundewiese abgefangen und eine Riesenszene gemacht! Chiara musste sofort nach Hause und darf jetzt nicht mehr raus! Die sitzt in ihrem Zimmer und heult ganz doll, hörst du sie?« Mama hörte gar nichts außer dem Rauschen des Blutes in ihren Ohren: »Wo bist DU jetzt? Wo ist mein Hund?!« »Ich stehe mit ihm hier im Treppenhaus und meine Mami hat auch schon doll geschimpft, ich soll jetzt sofort reinkommen! Ich bin auch schon über eine Stunde nach der Verabredung! Ich hab ihr aber gesagt, dass wir ja Calimero noch abgeben müssen! Und sie hat gesagt, es sei schon zu spät und ich dürfe den dunklen Weg an der Hundewiese nicht mehr alleine gehen …! Aber Chiara darf ja eben nicht mehr raus!« Mama war schwerst angepestet: »Ja, und *nun*?« Melissa heulte jetzt auch: »Ich wollte den ja nicht *alleine* bei dir abgeben! Weil wir ihn ja *zu zweit* abgeholt hatten! Und das wäre doch total unerwachsen gewesen! Und dann hätten wir ihn ja vielleicht *nie mehr* ausführen dürfen!« Mami war jetzt wirklich schwer genervt und hatte schon ganz dolles Herzklopfen. Ständig kamen neue Besucher, das Essen wurde fertig und die Kiste mit mir hing voll im Dreck: »Ja, wie kriege ich denn bitte jetzt meinen Hund nach

Hause?«, fragte Mami aufgeregt. »Du musst ihn dir abholen kommen …!«, rief Melissa erleichtert. »*Ich* darf ja nicht alleine gehen – und *Chiara* darf ja nicht mehr raus!« Mama sagte, jetzt wirklich stinksauer: »Hör zu! Ich habe euch deutlich *gesagt*, ihr sollt im Wohnblock und von der Wiese und eurem Zuhause wegbleiben! Wenn ihr mir gehorcht hättet, wäre das alles nie passiert! Das müsst ihr irgendwie wieder alleine in Ordnung bringen! Ich *kann* jetzt nicht mehr weg hier!« Eine laute erwachsene Stimme war jetzt zu hören und Mami sagte: »Gib mir mal deine …« Tüt, tüt, tüt, tüt, tüt … und aufgelegt! Jetzt wurde Mami aber wirklich kribbelig. Sie rief alle Festnetznummern an und obwohl sie nun wusste, dass ja alle da waren, ging keiner ran. Sie weinte fast: »Die werden doch wohl jetzt nicht einfach meinen Hund aussetzen, so von wegen: Der kennt ja den Weg, der findet dann schon allein nach Hause!« Ihre Freunde beruhigten sie: »Nein, nein, das würden die Mädchen doch *niemals* machen!« Und es seien ja auch immer noch *mindestens* zwei Erwachsene dabei! »Das klang aber alles mal *kaum* sehr erwachsen!«, fluchte Mami erregt. »Das *eine* Kind darf *überhaupt* nicht mehr raus und das *andere* darf *allein* nicht mehr raus! Dass da ein unlösbares Problem vorliegt, überhaupt erst geschaffen durch sogenannte *Erwachsene,* ist ja wohl offensichtlich!« Das mussten dann alle leider zugeben. Mami war jetzt kurz davor, sich doch noch ins Auto zu werfen, obwohl das Essen jetzt fertig wäre und … Anrufe auf allen vier Nummern verhallten weiterhin unbeantwortet. Texte für die Eltern auf zwei ABs gesprochen: Keine Reaktion! »Die haben mich einfach voll abgeklatscht!«, jammerte Mami. »Und mein Hündchen ist allein unter lauter Irren und weiß nicht, wie er jetzt wieder nach Hause kommen soll!«

Um 18:45 Uhr klingelte es dann plötzlich an der Tür: Die Mädchen – und ich! Ich war auch total aufgeregt von all den verrückten Energien, dem ganzen Geschrei und dem unaufhörlichen Geflenne. Und dann war Mami ja nicht dabei und ich kannte mich gar nicht mehr aus! Ich war sehr froh wieder hier zu sein und dann auch noch so viele liebe Freunde anzutreffen! Die beiden verheulten Mädchen mit den roten Backen überschlugen sich nur so in ihren kuriosen Erzählungen. Sie unterbrachen sich ständig gegenseitig und schrien sich nieder, weil jede von ihnen sofort irgendwas ganz dringend erzählen wollte! Alles was Mami da schließlich an Bruchstücken herausgehört hatte, reichte ihr, um diese Erfahrung nie mehr zu wiederholen. Es war offensichtlich, dass sie Calimero, gegen die Absprache, mit nach Hause hatten nehmen wollen. Dazu waren sie, auch gegen die Absprache, auf die Hundewiese gegangen, wo sie ja wohnten. Schon als sie Calimero abgeholt hatten, waren beide bereits über eine Stunde nach der vereinbarten Zeit, nach Hause zu kommen. Und Mami schloss dann entnervt die Tür vor den immer noch weiter zeternden Kindern, als sie dann endgültig genug gehört hatte. Nämlich wie die Mutter von Chiara, total wütend wegen der Unzuverlässigkeit ihrer Tochter, gebrüllt hatte: »Der Scheißköter ist mir so was von egal! Setz ihn halt auf die Straße! Der kennt ja den Weg und findet dann schon alleine nach Hause!«

James Dean für Arme

Ich habe ein neues Cape angepasst bekommen! Sara hatte mir ja zwischendurch schon mal eines verpasst, über das Mami dann aber nicht sehr glücklich war. Sara hatte es auf einer Mopstombola für Molli gewonnen und war sehr stolz darauf. Sie blickte es so zärtlich an, wie Rhett Butler seine Scarlett und war voll des Bedauerns, dass ihre dicke Molli sich ganz schnell dort herausgepresst hatte … Es handelte sich um ein sehr dickes und voluminöses Hundecape, das wie eine Fliegerjacke gearbeitet war. Es hatte einen breiten Pelzkragen, ein Dienstgrademblem, einen Staffelaufnäher und noch eine Rückentasche mit Kellerfalte, Druckknopf und breiter Patte: Platz der kleinen Kacktüte für zwischendurch. Weil das zwar eine Mopstombola gewesen war, dachte die Veranstalterin wohl, dass es genug Möpse gab, und hatte sich die Investition in Mopsware gespart. Also war ich natürlich zu kurz für das unsägliche Teil und musste hinten zweifach hochgekrempelt werden, was es an den Rändern dann noch mehr abstehen ließ. »Echtäs Antiekledär, miet Lammfäll!«, schwärmte Sara und streichelte verliebt das Cape. »Dass kostät *miendästänss* dreihundärt Euro … Miendästänss!« »Das können wir wirklich nicht annehmen!«, versuchte Mami dem unsäglichen Lappen entschieden auszuweichen. »Dooch! Dooch!«, rief Sara leidenschaftlich aus. »Moolliiee iesst viel zu fätt dafier, leidär …! Unt Kallimäährooh sieht soo hienreissänt auss damiet!« Das stimmte leider nicht *ganz,* jedenfalls nicht, soweit es Mami betraf.

Jeims Diehn, alias „Le Rollbratähn"

Sie fand nämlich, ich sähe darin … na ja … eben aus … irgendwie. Mehr halslose Presswurst als alles andere. Aber keine Chance! »Jeims Diehn! Ganz klar!«, schwärmte Sara mich verliebt an. Und eingewickelt wie ein Schweinerollbraten, hinten schon aufgeplatzt, verließ

James Dean für Arme dann schließlich, schwankend wie ein Matrose, die Praxis … Zu Hause kontrollierte Mami erst mal die Etiketten und atmete flugs erleichtert aus. »Oberfläche: 100 % Polyester. Fell: 100 % Polyamid« …! Weil wir mich dann mit Geschirr, Leine und allem vorführen sollten, wenn wir rausgingen, hatte ich den Rollbraten dann später auch an … »Du bist ein Gentleman im Mäntelschän!«, sagte Mami unterwegs mit etwas spitzen Lippen, danke, mir reichte es bereits schon.

Wir landeten damit schließlich in der Mopsboutique, wo das Ladenmädel, mindestens so kapriziös wie Winnitouch, bei meinem Anblick erst mal sofort einen gepflegten Anfall bekam. Sie riss den Rollbraten ungefragt und höchst theatralisch in großer Geste ab, schleuderte ihn gekonnt in einen schwankenden Stapel Hundenester und warf dann den Kopf empört in den Nacken. Schon trompetete sie exaltiert: »*Das* geht ja mal wieder *gaaarrrr niiichttt!* Man *kann* Möpsen einfach nicht irgendwas von der Stange drüberwursteln, wie das wieder aussieht! Unmöglich! Die speziellen anatomischen Gegebenheiten der Möpse haben ja nun nicht *umsonst* eine ganz *eigene* Modelinie hervorgebracht!« »Nicht …«, stammelte Mami von dem Temperamentsausbruch überwältigt. Winnitouch entstampfte empört und kam kurz darauf mit einem ganzen Stapel kleiner Capes an winzigen Bügelchen zurück. Und das, obwohl wir gar keine Kaufabsicht in dieser Richtung geäußert hatten. Sie zog mich sofort routiniert an und ich vergaß sogar vor Schreck den Todeswurm zu tanzen. »Ein *ganz* typischer M-Mops …«, paraphrasierte sie, geschäftsmäßig plappernd und gekonnt an mir herumwurstelnd. »Da hat er sogar noch Spiel in der Taille …« Es knackten entschlossen die Druckknöpfe. »Eh, voilà!«, rief sie befriedigt aus und deutete mit großer Pose auf mich kleinen Wurm. Mami prustete voll los. Ich trug ein gestepptes, wattiertes, sehr kuscheliges Cape aus kastanienbraunem Fleece mit gelb-creme-rotem Burlingtonmuster auf dem Rücken. Es saß quadratisch, kurz, als hätte es mir jemand auf den Wurmkörper geschneidert und sah wirklich verdammt gut aus. Das Beste daran war die dicke Kapuze, die wie ein Zipfel hinter meinem Kopf aufstand und von einer dicken braunen Bommel bekrönt wurde. Dieser wackelte bei jedem Schritt neckisch vor und zurück. »Das nehmen wir!«, prustete Mami begeistert. »Die Kapuze können Sie auch bei Bedarf abknöpfen!«, bemerkte Winnitouch professionell. »Auf keinen Fall!«, gackerte Mami höchst unprofessionell. »*Die* ist ja gerade der absolute Clou an dem ganzen Lappen, Ding, Mantel, äh …« »Cape!«, insistierte Winnitouch etwas eng. Dann bekam ich wieder von der getrockneten Entenbrust und gleich noch mehr, weil schon wieder alle in dem Laden um mich herumstanden und den Mops so endgoldig fanden in seinem neuen Lappen, Ding, Mantel, äh … Cape. »Gutes Marketing«, sagte Winnitouch, als eine Kundin entfesselt kreischte, sie bräuchte *dieses* Cape, *genau dieses,* sofort, aber in XXL! Mami stellte sich einen fetten Münsterländer in meinem neuen Lappen, Ding, Mantel, äh … Cape vor und musste gehen, bevor der Lachkrampf zu sehr auffiel. Um die Fenster der Praxis machten wir dann vorsichtshalber einen Bogen, denn Jeims Diehn reiste schließlich nur noch als blinder Passagier in der dunklen Tüte mit …

Glänzi on Ice

Oh, oh, oh, die lieben Augen sahen mal wieder gar nicht gut aus, fand Mami zum Ende des Winters. Ganz matt irgendwie und schon wieder mit so einem dezenten, milchigen Schleier. Der Tierarzt jedoch war so entspannt wie ungerührt: typisch prädisponiertes Kullerauge, hätten Schäferhunde, Pekinesen, King Charles und Bulldogen im Winter auch immer mal ganz gerne. Er verordnete mir eine Kur aus teuren Augensalben. Die konnte man leider aber wegen des Augeninnendrucks und des Kortisons nicht immerzu anwenden, obwohl ihr Erfolg spektakulär war. Schon nach fünf Anwendungen waren die Augen wieder aufgeklart und alles war wieder gut, ich mutierte scheinbar zu einem Mops von der Stange hier …

Nun wollte Mami mit dem neuen, sündhaft teuren Cape und der putzigen Bommel aber auch angeben und so fuhren wir bei herrlichstem Glitzerwinterwetter an den vereisten Feringer See. Da war ja vielleicht was los! Normalerweise gingen wir drum herum, aber das ganze Leben spielte sich plötzlich *auf* dem zugefrorenen See ab! Mami schmierte mir also großzügig Vaseline auf die Pfötchen, was ich immer sehr angenehm fand, weil es sowohl die Kälte abhielt, als auch verhinderte, dass der Schnee kleben blieb. Dann ging es los! Aber … aber … aber … das ging doch so nicht …! Mami stand auf dem Eis und rief mich zu ihr – echt nicht hier! Sie zuckte die Schultern und sagte im Weggehen: »Dann eben nicht. Du kannst mich ja sehen, bis ich irgendwann dahinten am anderen Ufer wieder an Land krabbele! Bleib du nur hier …« *Das* ging noch viel weniger, also sprang ich todesmutig von der Böschung direkt aufs Eis und gliiitschteee, mich langsam um mich selber drehend, verdutzt weit an ihr vorbei. Das war ja komisch! Zuerst rutschten mir die Pfötchen immerzu seitlich weg und ich sah aus wie Charly Chaplin beim Schlittschuhlaufen auf Bananenschalen, doch schon schnell hatte ich dann den Bogen raus! Und *wie* ich flitzte! Meine Krallen wurden zu Spikes, ich nahm richtig Fahrt auf und ließ mich dann schwer gekonnt übers Eis sausen … Das machte mir einen Heidenspaß und ich steuerte schon bald wie ein alter Kapitän!

Dann trafen wir auf die erste Eishockeymannschaft und ich hatte sofort einen Noteinsatz! Spikes ausfahren, Tempo aufnehmen, die Mannschaft stürmen, den Puck verfolgen und ihn mit harten Pfotenschlägen aus dem Spiel weit ins Aus treiben: rechts – patsch – links – patsch – rechts – patsch – links …! Die Männer stützten sich erstaunt auf ihre Stöcke, deuteten auf mich und fragten sich gegenseitig: »Sagt mal, spielt der in *eurer* Mannschaft? Bei *uns* ist der jedenfalls nicht …« Dann versuchten sie mir den Puck abzujagen und ich lieferte ihnen einen harten Kampf. Wenn ich nicht freiwillig irgendwann aufgegeben hätte, die würden mich noch heute jagen!

Jetzt konnte ich mal ausruhen und da war auch schon *die* Gelegenheit! Ein ganzer Schlitten voller teetrinkender und keksessender Kinder. Also: Spikes ausfahren, Tempo aufnehmen, anpeilen, glitschen uuund Ansprung! Ein Kind fiel *sofort* rückwärts vom Schlitten, das zweite machte erst noch erstaunt den Mund auf und kippte *dann* seitlich runter. Im Schnee tauchten sofort dampfende, rote Teeflecken und zerbröselte Butterkekse auf. Außerdem lagen da, wie umgedrehte Schildkröten, zwei quiekende und strampelnde Kinder, die in ihren Schneerollbratenanzügen nicht alleine wieder hochkamen. Und in der Mitte vom geräumten Schlitten thronte ein breit grinsender Mops mit Bommel, glücklich hechelnd und ebenfalls mit etwas Früchtetee begossen. Bis Mami alarmiert angewetzt kam, waren auch schon die Eltern da und bestaunten das Schlachtfeld. Mami befürchtete einen Megaanschiß, zu Recht. Aber gar nix dergleichen passierte, denn es gab überall nur Gelächter, totale Begeisterung und Fotoshootings. Gute Performance mal wieder …

Wir machten die nächsten Tage dann auch gleich so weiter, ich bin einfach ein kleiner Yeti mit Bommel. Mami hatte eine durchgebrochene Rodelschale gefunden und den Teil mit den Handgriffen mitgenommen. Auf dem Babyrodelhang saß sie da dann drin, klopfte auf ihre Beine und sagte: »Einsteigen bitte!« Ich hüpfte drauf, drückte mich an ihren Bauch, ließ mich umarmen. »Anschnallen bitte!«, dann ein Leckerli, schon ging es mit einem »Huuiii!« bergab! Rodeln war *so* lustig, das machte mir einfach einen Riesenspaß! Ich sprang kurz vor dem Ende der Fahrt immer im hohen Bogen ab, kugelte mich in den Schnee und raste erwartungsfroh den Hang rauf: »Noch mal! Noch mal!«, bellte ich ihr aufgeregt entgegen … Manchmal sahen uns Kinder zu und wollten auch unbedingt mal mit mir rodeln. Mami fand das gut, dann musste *sie* nämlich nicht dauernd wieder rauf-stapfen. So fuhr ich auf allen möglichen Gefährten in vollem Tempo, mit flatternden Ohren und schlackernder Bommel, die ganzen Rodelpisten hier herunter! Ich fuhr: Rodelschüssel, Kufenschlitten, Lenkschlitten, Doppel-schlitten, Rodelauto, Plastiktüte und Po …! Die Kinder rissen sich richtiggehend um mich, jeder wollte mal mit »Kalliemee« rodeln!

Das Schönste am Winter waren aber weder das Cape oder die ganze Panade oder das Eishockeyspielen, son-dern die Wärmflaschen! Mama sagte immer resigniert, ich sei ein echter Wärmflaschenklauer! Sie hatte ja meis-tens beim Arbeiten die Füße auf zwei solchen Teilen. Weil wir keinen Teppich hatten, wurde es von unten her nämlich schnell kalt beim längeren Sitzen. Und kaum stand sie mal auf, zapp, lag der Wärmflaschencowboy drauf und ritt in den Sonnenuntergang! Ich liebte es einfach, wenn es warm unter mir wurde! Das war wie ein Kuschelstapel mit etwas Lebendigem, Warmem, das sich auch noch ständig unter mir bewegte. Ich legte mich blitzschnell mit den Achseln quer darüber und hängte Brust und Köpfchen flach drauf. Nur dass ich auch so viel von der köstlichen Kuscheligkeit wie nur möglich abkriegte! Dann kam Mami zurück: Besetzt! Das gab einen regelrechten Kampf zwischen zwei kalten Füßen und einem sehr warmen Mops. »Mensch, Atze!«, rief sie dann leidend. »Du hast doch nun wirklich deinen Pyji an! Du brauchst doch nun nicht noch zusätzlich eine Wärmflasche!« Doch, die brauchte ich sehr wohl …

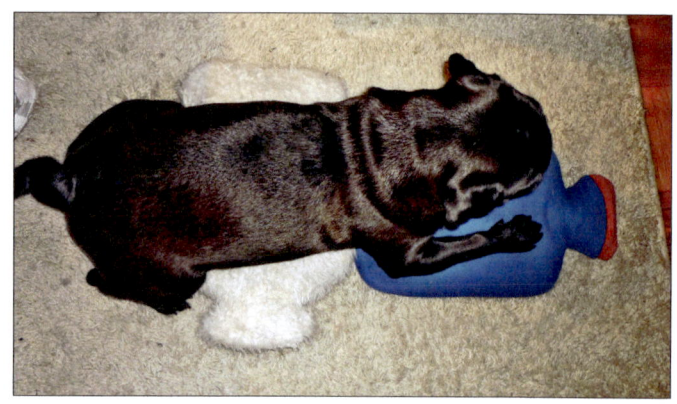

Das ist ein Job für den Wärmflaschen-Klauer

Heiße Luft

Ja, ich machte schon auch mal viel heiße Luft so zwischendurch, das stimmte sicherlich, aber ich nahm auch welche, wenn sie geliefert wurde! Zum Beispiel lief ich immer so lange hinter dem Staubsauger her, bis Mami den Regler dann endlich auf »Kleiner Teppich« stellte und mich von oben bis unten gründlich absaugte. Am Schluss machte es dann immer „**fummmppp**", wenn mein Schwanz eingesaugt wurde, aber ich fand das einfach nur lustig, außerdem mag ich Schwanzwurzelmassagen sehr gerne! Desgleichen beim Föhnstab. Wenn Mami sich föhnstabte, saß ich immer zufällig zu ihren Füßen, damit sie mich ja nicht vergaß! Sie beugte sich ergeben zu mir herunter und sagte immer wie ein Friseur in Bully-Herbig-Manier: »Ach! Der Herr Calimero wieder! Wünschen Sie heute wieder etwas Glanz ins Fell? Glanz kann man ja *nie* genug bekommen, nicht wahr? Glanz trägt der Hund von Welt! An der Brust wieder gegen den Strich, für das Volumen …?« Ich reckte das Köpfchen hoch und schloss die Augen, wenn die heiße Bürste mich unter dem Kinn föhnte. Mami, der Friseur, sagte: »Ach! Sie haben hier aber einen kräftigen Wirbel, ich gehe da besser noch mal drüber! Und was ist mit dem Pofell, wieder aufgeföhnt wie üblich – für eine knackige Silhouette …? Oder tragen Sie das Pofell lieber plain, wie man es in Paris ja derzeit hat? Ach verstehe, lieber schön aufgepuschelt … aber gerne. Und den Schwanz: rechts eingerollt, wie immer …?« Beim Friseur hatte ich dann neulich richtig Alarm gemacht: Ich wolle auch geföhnstabt werden, das Geräusch kannte ich doch genau! Und so pulte ich minutenlang, hektisch auf zwei Beinen hopsend, fiepsend an der Friseurin herum. Die wusste gar nicht, was mit mir plötzlich los war, und Mami enthielt sich der Erklärung.

Noch mehr heiße Luft trafen wir dann leider unterwegs. Ich schnüffelte gerade gelangweilt an einem leicht verwest wirkenden Efeu am Laternenmast im Wohngebiet, da kam eine mittelalte, eigentlich ganz normal aussehende Frau hochaufgeregt auf uns zugeflattert. Sie schrie schon von Weitem total anstrengend: »Gäh, Sie …!« Mama stöhnte: »Oh, bitte jetzt keine Verrückten!« Indes: Zu spät. Sie stand atemlos und am ganzen Körper bebend vor uns und erregt zeigte sie fuchtelnd auf mich. Mit schriller Stimme rief sie aus: »Ihr Hund … Der tut da überall so … so … so umeinander schnuffeln!« Mama zog mich schon weg und sagte freundlich-genervt: »Wie man sieht …« Die Aufgeregte fuchtelte noch mehr herum und ihre Stimme schnappte fast über: »Und *hinpissen* tut er dann natürlich auch überall!« Mama öffnete den Mund, um zu sagen: »Ganz bestimmt *nicht*«, aber die Verrückte zerrte sie schon hart am Arm und zog sie rüde einige Meter zu ihrem etwas heruntergekommen wirkenden Hauseingang hin: »Dann schauen Sie sich *das* einmal an!«, schrie sie entfesselt und wild fuchtelnd Mami an. Mama schaute ostentativ in die andere Richtung, nämlich nach oben auf den Balkon. Da betrachtete sie uninteressiert die grün verwitterte Patina und den auf breiter Fläche abbröckelnden Putz mit dem ungepflegten Beton darunter. Die Verrückte schrie: »Und was *sagen* Sie dazu?« Mama sagte völlig unaufgeregt: »Sieht für mich reichlich runtergekommen aus …« Und die Verrückte kreischte, Mama noch näher an den verlebten Pfosten zerrend: »Nein! Das sieht etwas *angepisst* aus!«

Mama senkte also brav den Blick, das war ein großer Fehler aus meiner Sicht, denn hier wollte ganz offensichtlich nur jemand mit *allen Mitteln* seine Aggressionen loswerden und das leider auch noch um jeden Preis. Wir sozialisierten Hunde kannten dieses dumme Verhalten ja auch zur Genüge und straften unappetitliches und subdominantes Gebaren ohne Botschaft und Inhalt stets mit kalter, absolut kategorischer Ignoranz. Mit dem unübersehbaren Abwenden des Blickes sagten wir laut: »Du und dein Getue *existieren* überhaupt nicht für mich! Ich kann dich ja nicht nicht mal *sehen*!« Meistens zog der Dominanzbolzen dann ab, weil er keinen Bock hatte, sich noch weiter zu blamieren, wie er da aufgeblasen mit aufgestelltem Kamm knurrend und mit aufgeworfenem Rücken herumstelzte – und keiner guckte! Wir zwinkerten uns dann alle verschwörerisch zu: »Na, das hat aber mal wieder gedauert heute!« Weil er im Großteil aller Fälle auf den Ärger ja eigentlich gar keine Lust und zumeist auch gar keinen Schneid hatte, versuchte er uns anderen mit seinem Gewese etwas für sein Ego abzuknöpfen …

Mami machte gleich noch einen Fehler und ging auch noch mit rationalen Argumenten drauf ein. Das war schlecht und wie das enden musste, konnte ich schon jetzt voraussehen … Hier ging es doch gar nicht um Logik! Und hier ging es auch gar nicht um Hundepisse, auch wenn das jetzt komisch klang. Mami sagte nur sehr schwach interessiert: »Wie Sie ja *deutlich* gesehen haben, waren *wir* noch nicht einmal in der Nähe ...« Die Verrückte deutete auf das frische Emblem reichlicher Hundepisse in ziemlicher Höhe: »Und *gewesen* ist es dann natürlich auch wieder *keiner!*«, keifte sie wütend. »Wollen *Sie* das dann etwa alles hier streichen?« Mama dachte sich nur, dass wenn *ich* das gewesen sein sollte, mich dann aber auf jeden Fall jemand hochgehalten und kräftig ausgewrungen haben müsste. Sie fand den Wahnsinn in zweifacher Hinsicht offensichtlich und ging daher einfach wortlos weiter. Jetzt fand sie dann auch plötzlich, dass sie das alles nichts anginge, aber es war leider schon viel zu spät!

Die Verrückte kreischte wieder: »Wollen *Sie* das alles hier streichen?« Und über die Schulter sagte Mami grinsend: »Natürlich! Ich lasiere hier zyklisch freiwillig alle angepissten Türeingänge mit einer Mischung aus Ochsenurin, Eselsperma, Leinöl und Terpentin. Wetterfest und in Dottergelb ...!« Sie ging jetzt entschlossen weiter, hatte sich aber energetisch schon voll verhakt. Die Verrückte lief uns natürlich auch prompt hinterher und klammerte sich blitzschnell an sie. Sie kreischte hysterisch: »Ich verklage Sie! Ich lasse mir das nicht mehr von Ihnen bieten! Das ist eine Frechheit!« Mami schüttelte sich sauer die verrückte Kralle vom Arm: »Sie nehmen mir die Worte aus dem Mund: Es ist eine absolute Frechheit, wie *Sie* sich hier gerade aufführen!« Die Verrückte begann zu kreischen und Mama behandelte sie, wie sie mich als Kakadu behandelte. Sie brüllte zurück, sie solle endlich mal die Luft anhalten hier, sonst bekäme sie noch einen Herzinfarkt! Und sie solle sich nicht so unglaublich dumm benehmen …! Ein klassisches Gerangel auf der Hundewiese: knurr hin – knurr zurück – umkreis – fauch – bell … Süß diese Menschen. Dann sagte Mami richtig nett, im Weitergehen, dass sie den Ärger über die Pisserei *absolut* verstünde, die ganze irre Aufregung dazu aber nicht. Und auch nicht, dass hier völlig willkürlich unschuldige Passanten überfallen würden! Und dass sie, wenn es *ihr* Eingang wäre, den entweder mit Ölfarbe streichen oder einfach Zinkbleche da annageln würde. Ein Schild, dass dies keine Hundetoilette sei, könnte ja möglicherweise auch schon helfen …

Die Verrückte starrte sie fasziniert und mit offenem Mund sekundenlang an. Ich hatte den deutlichen Eindruck, dass diese auf der Hand liegenden Lösungen sie leider massiv dabei störten, weiterhin so schön sauer sein zu können. Logisch wäre es ja gewesen, sich zu freuen, dass Mami offensichtlich unschuldig und dabei auch noch absolut auf ihrer Seite war … Aber wenn es bei uns auf der Wiese dann schon mal so weit war, dass sich zwei bereits umkreisten und anknurrten, kam auch schon jede Vernunft zu spät und es musste den Lauf nehmen, den es eben nehmen musste. Wir gingen weiter. Das funktionierte auf der Hundewiese übrigens genauso wenig: zurückgucken, zurückknurren und dann weggehen …!? Würde auch kein Hund so machen: den Rücken zuwenden! Außerdem wäre der Weggang energetisch wie eine Flucht und würde den anderen in seiner Dominanzwut nur noch weiter bestätigen. Und so war es dann auch hier! Ach, es ist einfach faszinierend, die Menschen zu beobachten und zu studieren! Man darf aber natürlich nicht den Fehler machen, seinen Menschen damit zu verhunden … auch wenn es manchmal zu verführerisch ist. Insbesondere unter Männern geht es, genau wie unter Rüden, immer nur darum, wer mal wieder der Geilste von allen ist.

Auf der anderen Straßenseite kam gerade eine ältere Frau vorbei. In Hundekreisen ist so was jetzt immer eine labile Konstellation. Entweder würde der Neuankömmling die beiden Kampfhähne splitten, indem er einfach dazwischenlief oder sich wie zufällig zwischen sie stellte, oder er würde die Partei des Stärkeren ergreifen und somit ein Mobbing beginnen. Bestenfalls feuerte er die beiden vom Rand aus mit Gebell an … In unserem Fall: Die Verrückte stürzte sich voll auf sie, damit war schon klar, dass daraus jetzt nur noch ein Mobbing werden konnte. »Ich hab die *endlich* erwischt! *Jetzt* reicht es mir aber! *Die* kriege ich! Ich hole die Polizei! *Jetzt* zeige ich die aber an!« Die alte Schachtel war leider genauso verrückt wie die jüngere und nahm sofort ebenfalls die Verfolgung nach uns auf. »Wir kriegen sie!«, schrie die Verrückte. »Genau!«, krähte die alte Schachtel und hatschte rheumatisch um die Kurve. »*Die* entkommen uns nicht mehr!« Mama drehte sich um, auch weil sie ungern mit dem schreienden Doppelwahnsinn im Gepäck jetzt noch auf die Hauptstraße einbiegen wollte. Autoritär rief sie: »Mädels, kriegt euch endlich wieder ein! Wir waren nicht mal *in der Nähe* von dem angepissten Pfosten und würden das *nie* tun, weil wir das auch nicht mögen!« Die Alte schrie: »Aber *natürlich* wart ihr das! Wir haben euch doch *genau gesehen!*« Nun wurde der Verrückten plötzlich etwas unruhig zumute. Vielleicht fiel ihr auch nur gerade nebenbei auf, dass sie eigentlich *überhaupt* nichts gesehen hatte …? Aber die aufgestachelte Alte war jetzt voll im Wahn und schrie wütend: »Und die Scheiße habt ihr auch wieder liegen gelassen! Das hab ich *auch* ganz genau gesehen!« Mama fuhr sie an: »Nehmen Sie mal Ihre Tabletten! Sie haben *überhaupt nichts* gesehen und ich hebe immer alles auf!« Sie zeigte eine Tüte vor und wollte endlich die beiden irren Kampfhennen abschütteln. »Alles nur Alibi!«, kreischte die Alte. »Liegen gelassen! Alles wieder da liegen gelassen! Die ganze Scheiße immer liegen lassen! Ich hab *alles* geschen! Aber *jetzt* ist damit Schluss!« Ich für meinen Teil hatte jetzt auch mal wieder Lust auf ein bisschen Text, immerhin war *ich* ja eigentlich die Hauptperson in diesem bizarren Einakter. Also hob ich mal lässig in genau diesem Moment (dramatisch 1A, ich weiß) mal kurz das Beinchen und machte mit Schmackes an einen Stromabnehmer …

Die Alte kreischte orgiastisch: »DA! Er tut es schon wieder!« Sie kriegte fast schon keine Luft mehr. »Na warte! Ich hol mir jetzt die Steuernummer von dem Bürschchen und *dann* gibt es eine fette Anzeige!« Damit machte sie sich an mir zu schaffen. Jetzt reichte es Mama aber wirklich. Sie sprach die Schachtel laut an, sie solle *sofort* ihre Hände von mir lassen! Die Alte zerrte rüde weiter an meinem Geschirr herum und reagierte überhaupt nicht. Sie schrie entfesselt: »Ich habe ein Recht darauf zu erfahren, *wer* das hier immer macht! Und *das* hole ich mir jetzt!« Mama packte die Alte ärgerlich am Pullover und zerrte sie von mir weg. Jetzt war sie aber mal *richtig* stinkig! Für einen von den drei knurrenden menschlichen Kötern war aus dem Machtspielchen Ernst geworden und die anderen beiden merkten das Gott sei Dank auch gerade noch rechtzeitig …!

Es war ein kritischer Moment, denn die Diskussion befand sich nun bereits plötzlich auch auf der körperlichen Ebene: Der eine Aggressor hatte das Revier des zu Unrecht Attackierten jetzt nicht nur psychisch, sondern auch räumlich verletzt – und machte sich dann auch noch an dessen Rudelmitglied zu schaffen. Unter aufgewühlten Männern hätte es *spätestens jetzt* eine saftige Prügelei gegeben und unter Hunden auch. Und sei es, um mal klarzustellen, wo eigentlich die Grenzen hier waren! Mama sagte laut und scharf: »Wenn nicht *sofort* Frank Elsner aus dem Gebüsch springt und ,Überraschung!' schreit, gibt es hier gleich ein Unglück! *Ich* werde die Polizei holen, denn *Ihr Irrsinn* spricht ja wohl Bände!« Sie machte eine theatralische Pause und die Botschaft tröpfelte in die noch nicht vom Wahnsinn vernebelten Teile ihrer Hirne. »Noch *einmal* die Hand an meinem Eigentum und der Watschenbaum fällt um! Habe ich mich klar ausgedrückt?!« Die alte Schachtel schluckte trocken. Mami drehte sich zur Verrückten um und starrte sie wild an. Diese sagte jetzt auch nichts mehr und wich instinktiv zurück. Mami konnte in deren verwirrtem Gesicht lesen: Es war ihr jetzt doch alles irgendwie zu viel geworden mit der unterwegs Angeheuerten! Mama sah jetzt furchteinflößend aus, denn sie überragte die beiden Giftzwerge sichtbar, hatte den Kopf kampflustig vorgestreckt und die Fäuste geballt. »Und jetzt *raus* aus meiner Aura, sonst kommt gleich der Irrenarzt und sperrt euch *beide* weg!« Da wichen sie dann wirklich grummelnd zurück, schnappten noch ein bisschen nach, aber Mama konnte endlich unbehelligt weitergehen. Sie ärgerte sich die ganze Zeit auf dem Heimweg darüber, dass sie nicht schon bei dem aggressiven »Gäh, Sie!« einfach weitergegangen war – das klang nämlich schon von Weitem nach Ärger! Meine Rede, meine Rede, aber *mich* fragt ja hier immer keiner …

Stunden der Wahrheit

Jetzt war es in zweierlei Hinsicht amtlich!

Sara hatte endlich herausgefunden, warum Moolliiee, trotz aller Diätvorschriften, so fett war und auch so fett blieb. Die Antwort war: Der doofe Zahnarzt funkte ihr, seit über zwei Jahren nun schon, täglich emsig dazwischen! Hätte ich ihr gleich sagen können. Immer wenn sich zwei Menschen um ein Tier kümmerten und das Tier wurde fett, doof oder ungezogen (oder alles auf einmal), obwohl *einer* der Aufpasser alles dagegen unternahm … Na, dann ratet doch mal, wer da ganz sicher *nicht* mit am gleichen Strang zog! Sara war stinkig, wie wir sie noch niemals zuvor erlebt hatten. Aber sie war auch überrascht, dass ihr Mann sie seit Jahren so massiv unterlief, während *sie* dachte, sie seien natürlich ein Team und wollten dasselbe. »Verstäh iech dass niecht! Redä iech seit fast zwai Jahrän, was iesst Moolliiee so fätt, trotz Diäeht! Und Ö sagte iemmär nur ganz unschuldiek: ‚Weiss iech dass niecht, main Schatz!‘ Wie kann dass mal sein?!« Sara erzählte uns, wie sie Ö neulich dabei erwischt hatte, als er Moolliiee ganze Hände voll aus dem Kühlschrank fütterte: Hinterschinken, Pumpernickel und Emmentaler! Und dann erwischte sie ihn gleich noch mal, nämlich als sie endlich erkannte, warum Moolliiee immer mit ihm zusammen den Tisch verließ (»Ö liept miech ebän!«). Der Grund war weniger die große Liebe, als dass Ö dann immer die ganzen Jackentaschen voller Beute für seinen dicken Mops hatte: gekochtes Ei, Käse, Salami, Schinken, Wurst, Oliven … »Nur vom Fettestän!«, japste Sara empört. Und das Schlimmste für sie war: Auf dem Golf-platz! Auch wieder ein Zufallstreffer, weil Ö nicht konnte und sie ihn auf seinem Platz vertreten musste. Moolliiee bekam da nämlich fast jeden zweiten Tag vor dem ersten Abschlag eine halbe Putenwiener spendiert – und die zweite Hälfte dann nach dem letzten Hole-in-one … Sara kriegte fast keine Luft mehr vor Ärger: »Sag iech zu Ö, weißt du eigäntlich, wie viel Kalloriehän dass für Moolliiee sient?! Dass iesst wie ain ganzär Schweine-bratän, zum normalän Fressän noch dazu!« Ich überlegte kurz grinsend, dass diese Wendung eigentlich doch auch eine ganz prima Vergeltung vom Schicksal sei … *Wie oft* hatte Sara nicht schon aus Gedankenlosigkeit und Ego-ismus Mamas Erziehung unterlaufen! Und hatte damit dann unnötige Probleme verursacht, mit denen sie aber nicht in Verbindung gebracht werden wollte! Und nun passierte ihr *haargenau* das Gleiche mit ihrem eigenen Mann. Sogar mit dem gleichen Text: »Ö liept miech ebän!« Natürlich erkannte sie diese pikante Schicksals-überlappung nicht und Mama würde sich hüten, etwas dementsprechendes zu äußern.

Und die zweite Wahrheit, ebenso wenig überraschend, aber umso trauriger: Sie haben Packo jetzt weggeholt! Nachdem er das Köpfchen von dem kleinen Jack-Russel-Mädchen zerkaut hatte, war es bereits zu einer Anzeige gekommen, aber dann hatte er noch mal kräftig nach-gelegt. Hatte mittlerweile, wie üblich ohne Anlass, auch schon mehrere weibliche Hunde attackiert und einen davon sogar schwer verletzt. Nun hatte er sich auch noch an einem Spielplatz losgerissen und ein kleines Kind attackiert! Und das, obwohl im Haushalt zwei kleine Kinder lebten. Das hatte dann sogar der hochschwangeren Mama von Packo endlich gereicht! Wie man jetzt erfuhr, kam Packo aus einer schlimmen Zwingerzucht aus Polen und hatte schon als kleiner Hund den sogenannten Zwingerkoller erlitten. Den mussten sie da so dermaßen zerbissen und traumatisiert haben, dass er in allem und jedem schließlich eine Bedrohung für Leib und Leben sah! Das arme Tier, der war ja nun wirklich nicht der schlechteste Kerl, aber dann irgendwann sogar gemeingefährlich, wie man sah. Mama und ich hatten das ja leider vorausgesehen. Hätte man ihm helfen können, zum Beispiel mit einem Maulkorb? Aber sicher! Er hätte frei laufen können und hätte schon zwangsweise und von ganz alleine gelernt, dass er seine Aggressionen besser zurückhielt. Ganz einfach, weil er sich dann nämlich gar nicht mehr angemessen wehren konnte! Menschen glaubten wohl oft, so ein Hund wäre wie im Rollstuhl, blind, taub und todunglücklich, wenn man ihm den Beiß- und Bumstrieb zügelte … Das stimmte aber nicht. Er könnte ja absolut frei kommunizieren, sogar reden durch seinen Korb. Nur beißen eben nicht mehr! Aber so viel hatte die Liebe dann wohl nicht hergegeben, denke ich, denn sein Herrchen hatte ja immer einen starken Hund gewollt. Und ein starker Hund mit Maulkorb, dann noch kastriert, wäre wie ein impotenter Casanova … Nun saß Packo mit sechs Jahren im Heim, seelisch total kaputt, unvermittelbar und mit gefährlicher Tendenz. Was das Schlimmste für einen Hund war: Aus der Familie und aus seinem schützenden Rudel herausgerissen! Das war noch die letzte Bastion in einer immer feindlicher wirkenden Welt für ihn gewesen. Mit einer Familie hätte er es schaffen können. Ich bin sicher, er hätte es auch gewollt, wenn er so frei gewesen wäre, ein angepassteres Verhalten wählen zu können. Aber diese Chance hatte er nun nicht bekommen …

Zieht euch einfach eine Nummer

Ich als gediente Gehwegpraline oder »Nasenimbiss to go« bin es ja sowieso gewöhnt, dass alle (haha!) naselang einer sich in mich im Vorbeigehen verknallt. Kann die ganzen verliebten Rüden gar nicht mehr zählen, die sich reihenweise um meine Gunst bemühen, hüstel. Wenn ich in Stimmung bin, gebe ich einfach auch ganz gerne mal das kleine Indianerpony und reite mit dem jeweiligen Lucky Luke einmal um die Koppel. Wenn der Typ aber doof ist, sieht er keinen (haha!) Stich bei mir …

Neulich habe dann sogar *ich* es mal wieder übertrieben, also das sagte Mami jedenfalls. Nun, es hatte eben auch mich mal erwischt, mich (Zitat Mami) »schwule Socke«. Keine Ahnung, was eine Socke ist … Wir latschten so im Waldweg rum, da kam eine hübsche ältere Dame mit einem possierlich mit dem Hintern wackelnden King Charles an der Flexi-Leine. Dieser Palasthund, ich wusste gar nicht, dass Hunde das können, hatte original die Nase gerümpft. Ich sah ihn förmlich denken: »Ieh. Ein mehrfach angestrulltes Gänseblümchen, wie degoutant!« Und: »Bah. Die Brennnessel stinkt nach Dünnpfiff, wie gewöhnlich!« Und: »Wurgs. Hier hat schon wirklich jeder, wie lästig!« Selbst an den arriviertesten Locations (Baumstumpf, rechts nach der Kurve) hob er angewidert das feine Lacknäschen und dachte offensichtlich: »Wah. Hier können Krethi und Plethi, aber mal so was von ohne mich!« Dann sah »George« mich und all die ganze gute Erziehung, all das vornehme

Getue fiel von ihm ab wie eine Eierschale zu Ostern. Er kannte nur noch ein Wort: »Banssssaaaiiiiiiii!«, nur noch ein Adjektiv: »Lecker!«, und auch nur noch ein Verb: »Rubbel, rubbel, rubbel!« Tja, so machten wir das dann auch: rubbel, rubbel, rubbel! Georges Mami zerrte kraftlos an der Flexi, weil sie vor Lachen nicht mehr konnte. Es war offensichtlich zu komisch, wie wir da aneinanderklebten – ungefähr wie mit Pattex verschweißt. Wenn sie George endlich von mir heruntergezerrt hatte, schwänzelte ich schon wieder mit meinem Hintern keck grinsend vor seiner Nase herum: »Guck mal, was ich haaaabeeeee!« »Weiß ich doch schon!«, japste George und sattelte schnell wieder auf. Und noch eine Runde um die Koppel! Mami lachte sich schief: »Ihrer hat gleich kein Fell mehr am Bauch und meiner trägt Tangahöschen, wenn die nicht bald aufhören …« Keine Chance – ganz im Gegenteil, wir bekamen sogar noch Verstärkung. Einer meiner treuesten Fans, der junge Terrier Spiky, stieß (haha!) zu uns und wollte auch mitreiten! Aber da war ja nun besetzt und so hockte er sich drei Meter entfernt vor uns hin und heulte zum Herzerweichen. Noch ein schenkelklopfendes Frauchen. Ich hatte Mitleid und George musste kurz verschnaufen, also latschte ich zu Spiky, schwenkte meinen kleinen Knackarsch vor ihm herum und er begriff sofort! Er schnappte sich seinen Westernsattel und los ging das Rodeo. George kühlte sich seinen Schritt im feuchten Gras und sah interessiert zu. Und wenn Spiky sich ausgerubbelt hatte, wankte ich wieder zu George rüber und … Drei Frauchen mit zerlaufenem Kajal standen um uns herum und kriegten sich nicht mehr ein. »Ich stelle hier einfach eine Papierrolle auf«, sagte Mami japsend. »Und ihr zieht immer für jedes (haha!) Nümmerchen ein Nümmerchen und ich sammel dann nachher einen Fuffziger für jedes Mal Voltigieren in der Dose ein …« Gacker, gacker, gacker …

Ja, Möpse sind Palasthunde … warum?

Nicht sehr wendig

Einiges kann ich einfach nicht. Und ich will es auch nicht können, echt jetzt. Ich kann zum Beispiel nicht »wenden«, Mami sagt dazu, ich sei einfach nicht wendig genug. Ich kann halt nur geradeaus, da ist doch nichts dabei! Das kannte Mami nun schon so seit Welpenzeiten: Den Weg bis zum Ende gehen, dann einfach umdrehen und zurückgehen ist nicht mit mir und ich mache auch niemals Ausnahmen. Das geht so: Wir gehen den Weg bis zum Ende, dann schlängeln wir uns um irgendein vollgestrulltes Gebüsch herum, poppen irgendwo mit Zweigen besteckt wieder auf den Weg raus und gehen DANN wieder auf dem gleichen Weg zurück. Das geht. Und zwar meistens weil ich es relativ spät bemerke und erst *dann* bockig mitten auf dem Weg stehen bleibe, so von wegen: »Moooment mal … hier war ich doch schon mal!« Die Züchterin lachte sich über derlei Storys immer noch schief und sagte dann nur, das wäre alles Erbe aus dem männlichen Stammbaum. Mein Opa Orpheys sei ganz das gleiche Kaliber und auch etwas autistisch manchmal, so wie ich. Ja, wie jetzt, ein autistischer Mops …? Ist doch klar: Der kann nur geradeaus gehen zum Beispiel, umdrehen oder auch abbiegen ist einfach nicht drin. In Orpheys Fall sah das dann immer so aus: vierzehn Möpse rasten aus dem Wald und links geschlossen den Abhang hoch … *Einer* ging stur und mit dem Hintern wackelnd geradeaus weiter. Natürlich vollkommen ohne jeden Schulterblick und ohne auf Gebrüll oder gar auf irgendwelche Namen irgendwie mal zu hören. Wackel, wackel, wackel. Manchmal erkannte die Züchterin erst dann, dass er wieder fehlte, wenn sie nichts zum Anhaken vorfand und mit vierzehn vermopsten und einer *leeren* Leine ins Dorf zurückkam. Und wenn vierzehn Möpse atemlos und vom Spaziergang glücklich in die Hauptstraße einbogen, saß *einer* vorwurfsvoll vor der Eingangstür und guckte wie: »Ja, sagt mal – wo wart ihr denn plötzlich alle hin?! Kann vielleicht mal einer was sagen, oder wie?!« Und er lernte es wohl auch nicht, genauso wenig wie ich. Auch das Sich-selbst-auf-dem-Weg-Verlieren oder noch schlimmer Das-sich-plötzlich-irgendwo-im-Gebüsch-Vergessen ist leidlich unter seinen Urenkeln bekannt. Wie das funktioniert? Auch ganz einfach: Man lässt sich einfach so weit zurückfallen, bis die Augen aussetzen und man seine Mami nicht mehr erkennen kann. Dann gibt es zwei Alternativen. Erstens: Man kann plötzlich auch irgendwie nicht mehr richtig hören und wartet, bis man abgeholt wird. Zweitens: Man läuft einfach dem Ersten hinterher, der in die entgegengesetzte Richtung an einem vorbeigeht. Hören ist dann aber wie gesagt nicht. Außerdem kann das sowieso nur eine gut gefälschte Imitation sein, denn man läuft ja gerade hinter Mami her! Auch wenn die plötzlich Walkingstöcke hat, Schuhgröße 45, Vollbart trägt und raucht. Egal. So nervig Mami das immer findet, ist sie trotzdem froh zu hören, dass es sich durch den Stammbaum zieht. »Das gibt noch Hoffnung, dass er nicht völlig bescheuert ist!«, klagte sie neulich erst wieder. »Sie wissen ja, ich hasse Flexi-Leine – aber ER hat jetzt eine …« Die Züchterin gackerte los: »Ist klar! Alle anderen haben die, damit der Hund nach vorne nicht abhaut – und Sie haben die, damit er nach hinten nicht verloren geht …!« Typisch reifer Mops, wie man so hört. Mei …

Mietstreber

Mami hat die Nase voll von der Stadt. Und davon, dass die Irren uns langsam, aber sicher auf die Pelle zu rücken scheinen … In einem kleinen Park um die Ecke hatte es eine Hündin getötet. Und angeblich hat es sogar in unserer Gurkenstraße neulich einen alten Hund vergiftet und einen anderen auch noch erwischt, der gerettet werden konnte. Das war angeblich genau gegenüber von uns und beide Hunde seien an der Leine gewesen! Wenn man sich die sogenannte »Giftkarte« in Bayern anschaute, wurde einem ganz übel, wie viele psychopathische Hundehasser da mittlerweile in den Parks und auf den Wegen unterwegs waren und sorgfältig Wurststücke mit Klingen, Scherben und Gift versetzten. Warum taten die das? Keiner hatte darauf eine Antwort. Denn mit jedem Hund, der starb, kam eher ein neuer nach, als dass sich derjenige dann eine Schildkröte kaufte. Mami mochte nicht mehr Angst haben, ob sie mich blutend im Gebüsch fand, wenn ich mich mal drin verlaufen haben sollte. Und sie mochte nicht immer Angst haben, wenn ich wirklich mal irgendwo was aufgesammelt habe – selbstvergessen, wohlgemerkt, ich weiß ja ganz genau, dass ich das nicht durfte. Neulich gingen wir zum Beispiel im Halbdunkel nach Hause und da lagen auf einem Schutthaufen gelbe Fetzen von Schaumstoff oder so ähnlich. Wir gingen vorbei, ich kehrte um und schnüffelte, schnüffelte, schnüffelte. Kam auch nicht beim Abrufen, also kehrte Mami um und sah mich mit vollen Backen schmausen. Ich aß gerade den Schaumstoff. Es stellte sich jedoch heraus, dass es Käse war. Mami war total sauer, sowohl auf den, der ein ganzes Käsepaket da verteilt hatte, als auch auf mich, der sich da dann gleich mal vergessen hatte. Sie sagte den ganzen Abend lang ärgerlich: »Wieder eine Stunde geschafft – na, schauen wir mal, ob wir uns noch den Magen auspumpen lassen müssen heute …« Pah.

Und dann ging es irgendwann auf Wohnungssuche. Ich lernte viele Makler kennen und viele Vermieter, die mich alle total drollig fanden und mir sofort zutrauten mich als Mitmieter gut dort zu benehmen. In einem winzigen Dorf, mit der Kapelle direkt davor, wurden wir dann fündig, es war ein Traum! Die Vermieterin war sehr tierlieb, hatte selber sechs Katzen, die aus kummervollen Verhältnissen kamen. Sie sagte: »Hier ist alles frei, es geht natürlich nicht, dass er dann die Hühner reißt, nicht wahr …« Und Mami sagte nachdenklich: »Tja, ich muss dann halt einfach aufpassen, wenn er mit seinem Sattel runtergeht …« Die Vermieterin stutzte und sagte: »Reißen, nicht reiten …« Und Mami zuckte die Achseln. »Ach, so. Na, dann …« Die Vermieterin lachte und in genau dem Moment kam Kater Vassily vorbei und guckte blöd rüber. Mami sage: »Guck mal, ’ne Miezekatze!«, und ich hoppelte froh auf sie zu, wie ich das ja auch von Merlin kannte. Vassily zeigte mir daraufhin kurz die Mittelkralle und machte sich dann schnell dünn. Und ich saß am Wegesrand und heulte derweil ein bisschen vor mich hin. Die Vermieterin fragte mit nassen Augen: »Weint er, weil die Katze weggelaufen ist?«, und Mami zuckte ergeben die Achseln. »Wann können Sie denn einziehen?«, fragte die Vermieterin daraufhin lächelnd …

Tja, wo wären wir ohne mich. Jetzt werde ich wieder ein Landei, ich bin ja mal gespannt, wie das alles so wird …

Mir iss sooo waaaaaaarrrrm …!

Mopslyrik

Der Kabeljau, der Kabeljau,
das ist ein cooler Fisch.
Das ist er jedenfalls so lang,
er nicht im Hund drin ist.

Denn wenn der Kabeljau im Hund,
dann bleibt er nicht lang drinnen,
womit Atome in der Luft,
noch Gas hinzugewinnen.

Der Hundefurz ist resistent,
nicht nur gegen das Lüften.
Wenn man ihn riecht,
wünscht man sich nur,
er würde bald verdüften …!

Doch hängt im Zimmer er herum,
so voll wie ein Ballon,
da hilft nur noch der Staubsauger,
zu klären den Salon …

* * * * * * * * * *

Floh auf Hund
ist ungesund.
Hund auf Floh
wohl sowieso.

* * * * * * * * * *